U0358382

近代稀见旧版文献再造丛书

民国紅學要籍汇刊

（影印本）

王振良 编

第九卷

吴克歧　犬窝谭红（上卷）

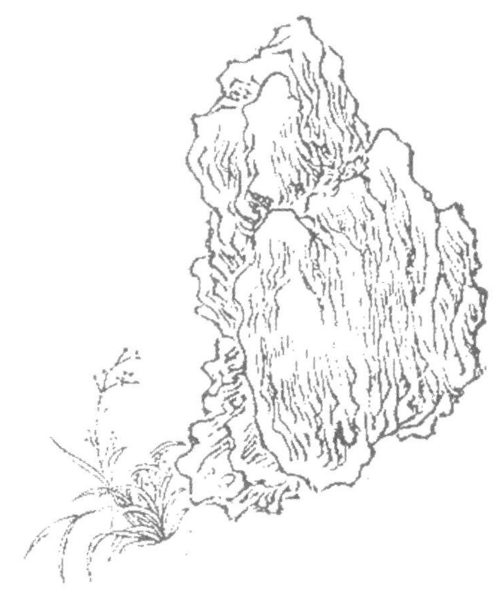

南開大學出版社

目录

吴克歧《犬窝谭红》

吴克歧，一作克岐，字轩丞，或字巍孙，号忏玉生、红楼梦里人、犬窝老人。籍盱眙，实居三界（即山界镇，原属盱眙县，后属嘉山县，今属安徽省明光市）。吴克歧博学多才，毕生致力于词学和『红学』的研究，且勤奋著述，他最为知名的著作是《犬窝谜话》和《犬窝谭红》。

《红楼梦》自问世以来，流传的版本很多，有八十回和百二十回本两个系统，这两个不同系统的版本在流传时，初则辗转传抄，继则竞相翻印，以致在文字间多有差异。往往一字之差，精神倍出，一句之谬，意义迥非。有鉴于此，吴克歧以八十回残钞戚蓼生本及百二十回广东百宋斋排印本比勘，成《红楼梦正误》《红楼梦正误拾遗》。后复于南京得署名『午厂点读』百二十回本，虽不知此本所祖，然吴氏以评改之处，颇有可采，遂又参之以成《红楼梦正误补》（四卷）、《红楼年表》。

此手稿本现藏南京图书馆，现存六卷，共九百一十页，《红楼梦正误补》第二卷早已散失。《红楼年表》亦为未完成稿。

紅樓夢正誤

盱眙吳克岐軒丞著

紅樓夢版本極多。亦極大同小異。至徐氏本出。廣東廣百宋齋排印、署名增評補圖石頭記。坊賈爭先翻印。視爲定本。實則徐本僅就淺顯者。稍加修飾。其重要誤點。仍然存在也。宣統初上海有正書局。影印戚蓼本八十回紅樓夢。書中歷字。不避清高宗諱。書作歷。的是乾隆以前人手筆。績溪胡適之以卷首有戚曉堂序。稱為戚本。（戚名蓼生、字念初、德清人、乾隆三十四年進士）、足正徐本之誤實多。壬子春。余在南京四象橋南舊貨攤中。購得殘鈔本。尤有重要之糾正。（非係八十回）、茲以徐本為主。而以戚本及殘鈔本正其誤。繕述如左。

第二回。「第二胎生了一位小姐。生在大年初一。就奇了。」不想次年又生了一位公子。」戚本「次年」作

「後來」元春僅長寶玉一歲。竟能教其認字讀書。人多疑之。若以後來二字。含混言之。則可以為弟師矣。

又「赦公也有二子。次名賈璉」。殘鈔本下句作「長子名瑚。早夭。次子名璉」。則賈璉之兄。亦有交代矣。

第三回末段。「次早起來。有過賈母」。殘鈔本作「卻說黛玉自入榮府以後。每日除承歡賈母外。只和寶玉及諸姊妹頑耍。或讀書寫字。或描花刺繡。真是光陰似箭。日月如梭。不覺歷過幾個寒暑。這日早起。有過賈母。致黛玉與寶釵到榮府。據除本相距不踰一年。乃寶玉對黛玉。屢說起我們是從小在一起的。同吃同睡。他是纔來的。此等語調。寶無法可以解釋。得此一段。則此項焦點。可以打破矣。

第十二回。這年冬底。林如海因重染重疾。殘鈔本「冬底」作「八月底。」「八月」二字。併寫在一格内。字跡微覺模糊。却似一「冬」字。十四回昭兒說。「大約趕年底就回來。」殘鈔本作「年底趕不回來。」又十三回回目。「秦可卿死封龍禁尉。王熙鳳協理寧國府。」殘鈔本作「王熙鳳理喪寧國府。林如海捐館揚州城。」十四回回目。「林如海捐館揚州城。」殘鈔本作「秦可卿死受五花誥。」又以徐本十四回昭兒回來一段。作十三回後半。十四回答兒捐龍禁尉一段。作十四回後前半。就殘鈔本敘述。時事井然。有條不紊。在當時交通不便。京揚行程。姑以二十天計。是如海八月底病重。遣人來京接黛玉。至九月中到京。正是賈敬生日開筵賞菊之後。賈璉當即送黛玉回去。至十月中到揚。而如海已於九月初三日去世。因開喪安葬及處置姬妾財產等事。均需時日。年内趕不及回來。特命昭兒回家。告知一切。順便取大毛衣服。及昭兄到京。正值十二月初可卿死後。鳳姐已在甯府協理喪務。至捐龍禁尉則已是首七矣。若依徐州本所述。則如海冬月底病重來接黛玉。賈璉送去。竟不帶大毛衣服。而如海卻早於九月初三日死矣。昭兄到京。已在可卿五七之後。約正月上中旬之間。而昭兄猶云取大毛衣服。且云趕年底就回來。真是囈語。至回目平仄之不調。猶屬小焉者也。

可卿在十二冊中○是懸樑自縊○書中言其病死○諱之也○賈珍中冓之羞○人多知之○焦大之罵爬灰○即指賈珍也○偶因被人撞見○可卿遂羞忿自盡○故尤氏以舊疾復發○不肯料理喪事○賈蓉亦淡然視之○竟無夫妻之情○惟賈珍異常痛心○如喪考妣○對喪儀倍極隆重○以賠懺悔之忱○第十三回述其初死○有云「合家皆知○無不悶悶○都有些傷心○殘鈔本「悶悶」作「納悶」○「傷心」作「疑心」○下僅云○

「説道冬至才撞過去。昨兒瞧着已漸漸的好了。交春還早呢。怎麽又這樣一變」。似此蜻蜓點水。文字自不可少。又聞賈珍可卿之事。曹氏實隱射某貴戚。貴戚婦年已四十。故銘旌有上享「彊壽」字樣云。

第十三回敘薛蟠贈檣木板。有云。「原係義忠親王(老千歲。)要的。(因爲他壞了事。就不曾用。)現在還封在店裏。也沒有人買得起。……拿着一千兩銀子。只怕沒買處」。戚本也沒有人買得「起」作也沒有人出錢敢「買」下語的當○且與義忠親王壞事有照應○若如徐本所述○則以京師之大○竟無千金買棺之人都真是笑話○

又「原來忠靖侯史鼎的夫人來了○史湘雲王夫人邢夫人鳳姐等剛「迎」入正「房」○「戚」本無「史湘雲」三字○此處有夾評「伏」史湘雲一「筆」六字○「王夫人」上有「邢」字○不知徐本何以誤將夾評作正文○又

將「伏」字「一筆」字「那」字刪去。連屬下句。遂使知湘雲帶領王邢等迎接月家人。可謂荒謬已極。

第十四回。「一面令人按數取紙。來旺抱著同來旺媳婦一路來至儀門。方交與來旺媳婦自己抱進去了。」戚本「來旺抱著」句。「來」字屬上句無「旺」字。此是甯府敬主及使不欲過勞之意也。甚是。

又「大婦之表。」戚本「大」作「犬」。「犬婦乃犬子之對宜從。若「犬婦」則是平常語。非謙詞也。

第十六回。「全虧一個胡老明公號山子野」一一籌畫起造」。戚本及殘鈔本。均無「胡」字。考古人三字號。亦曾有之。惟二本皆無「胡」字。自是姓山號子野。加一「胡」字。直是胡謅。

第十八回。「每一株懸燈萬盞」。戚本「萬」作「數」。宜從。樹懸萬燈。在從未開發森林中。或者有如此大木。本大觀園安得有此。

又「將未到之處。復又游玩。忽見山環佛寺。忙盥手進去。焚香禮佛。又題一匾曰苦海慈航。殘鈔本作「將未到之處。一一遊玩。忽見紅梅擁護中。修竹一叢。隱約露出菴寺。微聞鐘磬諷經之聲。元妃傳諭進香。緩緩向前而行。早有妙玉在菴門外俯伏接駕。元妃入菴。與手拈香禮佛。又賜題苦海慈航匾額。妙玉獻茶。元妃見妙玉瀟洒不凡。心內贊喜。特賞藏香十支。雕鏤壽字千年伽南香念珠一掛。致妙玉名列十二釵正冊。且因元妃省親入園。自宜特寫一筆。

第二十一回。敘寶玉吃飯有云「胡亂吃了幾碗飯」戚本作「胡亂吃了半碗」宜從。寶玉哥非大肚佛也。

又「湘雲仍在黛玉房中安歇」曰「仍在」前無明文。殘鈔本作「且說湘雲係賈母嫡親內姪孫女。父母早亡。賈母極為憐愛。常接至榮府居住。因將自己房後收拾一間。專備湘雲下榻之所。及黛玉來了。又將此屋指給黛玉。後因湘雲與黛玉同年。甚為相友愛。每次湘雲來了。皆是與黛玉同榻。以便說體己話兒。故此次仍在他房中安歇。宜從。此段文字。與後文呼應處甚多。幸勿疏略讀過。至敘明湘雲來歷具小焉者也。又黛玉往「上房見賈母。後往王夫人處。誰知鳳姐之女大姐兒病了。正亂著請大夫診脈。錢鈔本誰知二句。作「正遇著鳳姐帶了他的大女兒大姐兒也在那裏。原來新年頭上。鳳姐正忙着有親的事。誰知大姐兒竟病了。忙亂着請大夫來診脉。巧姐出天花。賈璉押多姑娘。是補筆。黛玉還鳳姐。是巧姐謝神後。若如徐本敘述。元宵節。元妃有。親。十六日。襲人回家吃年茶。十七日。寶玉說耗子精。十八日。湘雲來。二十日。巧姐出天花。過十三日謝神。是二月初。何以下文又說二十一日是寶釵生日。及賈母重過燈節耶。

第二十二回。探春風箏謎後。戚本有云。「又看道是。前身色相總無成。不聽菱歌聽佛經。莫道此身沉黑海。性中自有大光明。賈政道。此是佛前燈嗄。惜春笑答道。是海燈」。此謎伏惜春出家。宜增又「寶玉鏡謎」。戚本無。致諸人謎語。均與結果有關。惟鏡謎則否。且回中鳳姐對寶玉有云。「為什麼不當著老爺攛掇。叫你作詩謎兒。」是寶玉未作謎也。又按鏡謎。見清初咄咄夫《雅君不謎、一夕話。紅樓（原如何人所作。）無語不新。而彼愴偏合寶玉（哥）作鈔襲家。真不知是何肺腸。第二十三回。「若是為小和尚小道士們那筆」殘鈔本（凡書中）小和尚小道士。均作「小尼姑小道姑」惟下回卜是仁曰中。例作「小和尚小道士」極是極是。大觀園中。如果容納如許「小和尚小道士」尚復成何事體。至卜世仁乃市儈小人。只知黃白。何暇辨雌雌雄耶。

又「樹上桃花吹下一大斗來。」戚本「大斗」作「大半」。宜從。落花從無以斗計者。果爾。壓煞賈哥矣。

第二十五回。敘趙馬議施魘魔法。有云「又寫了五十兩一張欠約。」戚本「五十兩」作「五百兩」。以榮府之家當。僅值五十兩。趙姨娘雖是小家女。馬道婆卻是老虔婆。焉肯如此賤售。

又敘黛玉「這日飯後。看了兩篇書。又同紫鵑等作了一會針線。總覺悶悶不舒。一同步出來。」殘鈔本又同三句。作「自覺無趣。便同紫鵑等做了一會針線。更為煩悶。便倚著房門。出了一會神。信步出來。又「便往怡紅院來。……李宮裁鳳姐寶釵都在那裏。見他進來。都笑道。這不又來了兩個」戚本殘鈔本「兩個」均作「一個」「兩個」是指黛玉與紫鵑。主婢並稱。殊似不合理。且下文紫鵑無交代。自宜以似不如「一個」為是。

第二十六回。敘賈芸小紅坐更守夜。有云「彼此

相見多日○便漸漸溫熟了○戚本「溫熟」作「混熟」宜從○書不熟宜溫○人不熟只宜混也○

又薛蟠說○「這麼粗這麼長粉脆的鮮藕○這麼長 這麼大的西瓜○這麼大一個暹羅國進貢的靈柏香燻的暹羅豬魚○你說這四樣禮物○戚本「這麼長」的○作「這麼長一尾新鮮鱘魚○這麼大的一個暹羅國進貢的靈柏香燻的暹羅豬○」除本以豬魚為一物○是三樣禮○非四樣禮也○窮措大不辨豬魚○情尚可原○

若不知數。則儍瓜矣。

第二十八回。敘寶玉送元妃賜物與黛玉。有云。「便叫了紫鵑來。拿了這個。到你們姑娘那裏去。就說是昨兒我得的。愛什麼。留下什麼。紫鵑答應了。拿了去。不一時。回來說。姑娘說的。昨兒也得了。二爺留著罷。」咸本「紫鵑」均作「紫綃」。「你們姑娘」作「林姑娘。」「姑娘說的」作「林姑娘說了。」按「紫綃」是寶玉婢名。使之送物與黛玉。自是常理。從未有送人之物。亦喚其人之婢來。使之送去者。不知彼傖何以如此着想。真是想入非非。紫綃一生。僅替二爺當了這件有名差事。紫綃之名。咸本為見他處均無要事。又被傖去拿給紫鵑真是奇冤。

第三十回。金釧兒對寶玉說。「我告訴你個巧方兒。你往東小院子裏。拿環哥兒同彩雲去。」殘鈔本「彩雲」作「彩霞」。極是。攷二十五回。賈環鈔經。「彩雲」與金釧玉釧皆厭惡賈環。不答理他。「彩雲」且不肯爲之倒茶。何至今日又與之押昵。縱或一朝失足。金釧亦必睠念舊情。如鴛鴦之於司棋矣。不告人知。何能唆使寶玉往拿。視爲巧方耶。此必無之事也。若「彩霞」在釧經時。與賈環鬼鬼祟祟。醜態百出。且表明與「彩雲」金玉釧等不合。則「金釧」視爲巧方。使寶玉往拿。亦容或有之之事也。是此處之「彩雲」確爲「彩霞」之誤。可以一言斷太太身上不大好」語相應。

第三十二回。襲人對湘雲說「大姑娘。我聽前日你大喜呀」。殘鈔本句下有云「去年小落大奶奶開和。我們在孝幕裏。看見姑爺和馮大爺一些人來上祭。好相親呀」。觀此是衛若蘭為湘雲之婿。足徵非余一人臆造。衛若蘭事。見余所作「紅樓夢八十回後中。

第三十三回。敘寶玉被打。賈母說「着便令人去

之○
第三十一回○「這日正是端陽佳節……王夫人
治了酒席○請薛家母女賞午」每逢佳節○賈母必
興高采烈○何以今日獨否○且無一語提及○心甚
疑之○殘鈔本王夫人二句○作「早間賈母吃了些
雲腿粽子○胸口有些作悶○懶怠賞午○至午間○便
令王夫人治了酒席○請薛家母女等來過節」○如
此不獨疑竇盡釋○且與三十三回王夫人之「老

忠順王條當錄在此條前

看轎。我和你太太寶玉立刻同南京去。家下人只得荅應著」咸本「荅應著」作「乾荅應著」「乾」字妙極。主人有命。不敢不荅應。而事又不可行。只有乾荅應而已。

又忠順王長府官來索琪官。寶玉說。「琪官二字。不知為何物」及長府官說出贈巾之事。寶玉又說。「大人既知底細。如何連他置買房舍這樣大事。倒不曉得了。」寶玉前既不認。後又直說。似覺語太呆笨。殘鈔本大人句上。有大人所說明琪官原來就是那蔣玉函二句。措詞較徐本靈活。可以含混過去。

第三十四回。寶釵送藥。對襲人有云。你只知勸他好生靜養。別胡思亂想的就好。要想什麼吃的頑的。悄悄的往我那裏去取了。不必驚動老太太太太眾人。倘或吹到老爺的耳內。雖然彼時不怎麼樣。將來對景。終是要吃虧的。試一氣讀下。寶釵直與襲人同立一傳緣而作鬼鬼祟祟事者。寶姑娘真正該死。藏本「要想什麼三句」無。殘鈔本作「諸如此類的事。從今以後。都勸他改了罷。你若聽了些什麼。也不要驚動老太太太太太知道」。寶姑娘當向殘鈔本。作極度之誡度鞠躬瘁。

又襲人往寶釵處借書。有云。「寶釵不在園內。往他母親那裏去了。襲人不便空手回來。等至二更。

寶釵方回來。」戚本不便句無「不」字。是寶釵不在園內。襲人便空手回來。至等至二更。是寶釵處之人。等候寶釵至二更也。若如徐本。是襲人等至二更。而書借得與否。亦未提及。襲人雖是笨笨的。亦笨不至此。

第三十五回末。「只聽黛玉在院內說話。寶玉忙叫快請。」此回已了。三十六回另敘他事。並未接寫。殘鈔本快請下有云。「丫頭們打起簾子。黛玉已進來了。看見鶯兒打絡子。笑道。好巧兒手兒。又見打的是玉絡子。不覺冷笑道。傻丫頭。你怎麽不把你們姑娘的金鎖也打個絡子。配了對兒。鶯兒笑道。昨兒我們姑娘。叫我把手帕子四圍打了絡子。倒是新樣兒。林姑娘要喜歡也打個頑頑。黛玉道。我沒好手帕。我不打。鶯兒道。揀兩塊舊的。打了試試也好。寶黛二人聽了。不覺都低了頭。不責一聲。却好湘雲探春從王夫人房中。陪着賈母吃過飯來了。說笑一回。大家分散。回映上回。鏡有情致。且興下回起首賈母自王夫人處出來語相接。

第三十七回。寶玉對翠墨說。「可是我忘了。要瞧瞧三妹妹去。的可好些了。你偏走來。」殘鈔本作才說。要瞧瞧三妹妹去。你偏走來。可好些了。」宜從。寶探兄妹。情意尚篤。何至忘却探病。又探春啟中有云。「若蒙踏雪而來。」戚本「踏」雪作

「綽雲」宜筵。秋海棠開時。雖北方早寒。在都市中。或尚無雪可踏。又賈芸稟末云。「男芸跪稟。一笑。」咸末「一笑」是夾評。今作正文。真堪一笑。

第三十九回。李紈等評論平兒。鴛鴦。彩霞。襲人四人。寶玉說。「彩霞是個老實人。探春道。可不是外頭老實。心裏有數兒。太太是那麼佛爺似的。事情上不留心。他都知道。凡一應事。都是他提着太太行。連老爺在家出外去的。一應大小事。他都知他。太太忘了。他背後告訴太太。「殘鈔本」「彩霞」均作「彩雲」。極是。「彩雲」沈默寡言。不自矜伐。其行動每不為人注意。人亦鮮有道及者。即如探春所說。書中屢有表現。始終為王夫人不貳之臣。默識之久矣。故能詳言。探春極稱之。若「彩霞」則黨於趙姨娘者。畀鄙齷齪。押暱環三。仍不免為環三所疑忌。探春豈不知之。安肯向其所生。甘作違心之論耶。且四十三回目賈母爲鳳姐攢金慶壽。尤氏將「彩雲」分子。與鴛鴦平兒同樣退還。亦即此回李紈等相提並論之意也。更足證「彩霞」之誤爲「彩雲」，實乃通行本之失撿矣。

第四十回。劉老老嘆鴿蛋云「我且得一個兒」。戚本「得」作「肏攮」。宜從。的是村嫗口吻。又「大家坐定」下。戚本有「又命人挨著劉老老。設下小杌。腳搭給板兒。」宜增。板兒不能站著喫。

第四十九回。寶釵說湘雲香菱談詩云。「癡癡癲癲。那裏還像兩個女兒家呢。說得香菱湘雲二人都笑起來。戚本「癡癡二句。作「放着現在的兩個詩家不知道。提那些死人作什麼。湘雲聽了。忙笑問現在那兩個好姐姐。你告訴我。寶釵笑道。獃香菱之心苦。瘋湘雲之話多。宜增改涂本似訓飭語詞。與下「都笑」句不合。

第五十回。「寶玉正看寶釵寶琴黛玉三人共戰湘雲。……今見黛玉推他。方聯道。孤松訂久要。
泥鴻從印跡。寶琴接著聯道。「咸本孤松三句。作
「徵鹽是舊謠。艇蓑猶泊釣。湘雲笑道。你快下去。
你不中用。到耽擱了我。只聽得寶琴聯道。宜從的
是湘雲口吻。且文氣因此一舒。更入緊張境界。
而寶玉亦可從此不聯矣。至「孤松句。」則遠隱咸
本。萬不可改。
又「這一枝梅花。只有二尺來高。傍有一枝縱橫

而出。約有二三丈長。「戚本」「三」作「五六」。宜從。若僅有二三尺長。焉能有下述蟠螭諸狀。令人稱賞。

第五十五回。敍愚妾爭閒氣。有云。「吳家取了舊賬來。探春看時．兩個家裏的。賞過皆是二十四兩。……便說。給他二十兩銀子。「戚本」「二十兩」作「二十四兩」。正與舊賬相合。若徐本則是照舊賬又減去四兩。無怪趙姨娘吵鬧矣。

又鳳姐說。「蔺小子與環兒更是個燎毛的小凍貓子。殘鈔本無「蘭小子與」四字。甚是。蔺小子本可與環兒相提並論也。

第五十八回。誰知上回所表的那位老太妃已薨」上回並無敘述。殘鈔本作「誰知當今的生慈老太妃薨逝了。」可從。

又敘諸女伶有去「使學起針黹紡績女工諸務」句下。殘鈔本有云。「卻說梨香院的事。本是賈薔管的。齡官又無父母親戚。聽了此事。兩人都心中歡喜。賈薔想到此事。不能瞞著鳳姐。便借著探病。來見鳳姐。狠宛轉的將齡官事說了。鳳姐大怒。哼道。下流種子。天下好女人都死絕了。要討個唱戲的驕昊爛婊子。你討只管討。從今後可別想我再理你了。急得賈薔只管發誓賭咒。懇求了好一會。鳳姐才笑了。賈薔出來。一步三挪的到了寧府。賈珍見他垂頭喪氣。問是甚事。賈薔說了。賈珍道。理他呢。你只管叫人領出來。另賃些房子住着。他那裏會知道。縱然知道了。只說是齡官自己的。等他老子娘的。難道不許人家等老子娘嗎。賈薔聽了有理。便同茗烟賃了幾間房子。將齡官領出來。住在正屋裏。茗烟母妻住在廂房。一切燒煮漿洗服伺等事。皆由茗烟母妻管理。只僱用一個粗使老婆子。原來寧府遣放大了頭出來擇配。茗烟便求了寶玉。

向賈珍將鶯兒討出來。那葉媽本想討娶鶯兒作媳婦。黃媽也願意。只是茗烟不肯。鶯兒又一時不能放出來。那黃媽還著實心中不自在呢。倒底把茗烟給他做乾兒子。才罷了。且說賈薔討了齡官。自是兩心如意。只是齡官多病多災的。又另住著。那病裏越發重了。賈薔竟有些支撑不住。此是後話。暫且不提。齡官之事。前曾特筆描寫。此次放出。竟不提及。實屬疎漏。此段敘述。不獨彌補此缺。且與毒設相思局。有匣劍帷燈之妙。而惡子承家回。亦能立竿見影。至結束萬萬兒。更覺輕便。自是靈敏手筆。

第五十九回。春燕說其何媽云。「接著我媽和芳官又噪了一場。」戚本作「接著我媽為洗頭。就合芳官吵。芳官連日要洗頭。他不給他洗。昨日得了月錢。推不去了。買了東西。先叫我洗。……我不洗。他又叫妹妹小鳩兒洗了。纔叫芳官洗。

果然就吵起來」上回何媽與芳官吵鬧。初謂親女兒是春燕。繼思芳官與春燕甚好。何系因洗」頭之先後而吵鬧。心甚疑之。今讀此段始知親女兒乃小鳩兒。非春燕也。宜照改。惟中段數語冗長無味。故删去。

第六十一回。敘芳官以粉替硝。及六十回。彩雲爲賈環偷霜露誣栽玉釧事。殘鈔本「彩雲」均作「彩霞」。極是極是。孩二十五回「彩雲」與「玉釧」厭惡環三。敘述極詳。何至竟以厭惡者爲愛人。且爲之作賊。又誣栽玉釧。此必無之事也。至「彩霞戀愛賈環」。鬼鬼祟祟。在二十五回中。亦敘述極詳。賈環且疑彩霞與寶玉好。不大理他。而此乃彩霞之哄他。次更疑其與寶玉好。始爲之瞞贓。罵彩霞爲兩面三刀。且欲將其事告知鳳姐。前後若合符節。趙姨娘既與彩霞情投意合。使之作賊。今見彩霞受賈環屈辱。極力安慰彩霞。罵賈環沒造化。回見六十二回。與七十二回。彩霞思放出。思嫁賈環。求救於趙姨娘。亦復相合。則此二處之彩雲。的係彩霞之誤。可無疑也。

第六十二回。「當下又值寶玉生日已到」殘鈔本作「次日是四月十五日。却係寶玉生日」正與第一回甄士隱夢遊幻境時。長夏永晝相合。又探春說生日云。「過了燈節。就是老太太和寶姐姐。他們娘兒兩個遇的巧」「寶姐」是八月初三。「寶釵」是正月二十一。已有錯誤。若「娘兒兩個」則更覺解矣。殘鈔本就是句。作「就是大太太和二姐姐」宜從。

又黛玉與寶玉談家務。「寶玉笑道。憑他怎麽後手不接。也不短了咱們四個人的。」戚本「四個人」作「兩個人」宜從。兩個人者。寶玉與黛玉也。若四個人。則其他兩個人是誰。或謂是襲人紫鵑。吾不敢信。

第六十三回。寶玉送回帖與妙玉。「只隔門縫兒投進去便因來了」句下殘鈔本有「因見芳官梳頭挽起髻子。戴了鮮花。忙說道。你又改裝做什麼。還是男裝好。以後不必改了。我再替你改個名子。叫做耶律雄奴。正說著。湘雲寶琴帶著葵官荳官也進來了。聽了甚喜。湘雲因葵官姓韋。也代他改名韋大英。暗藏惟大英雄能本色之意。那荳官短小精幹。人皆喚他為炒荳兒」頭上挽著了髻。好像戲台上琴童似的。寶琴也將他改換作荳童。大家說妙。又賈珍妾佩鳳偕鸞（戚作鴛）同尤氏來。「且同眾人一一的游玩」句下。殘鈔本有「一時到了怡紅院。聽見寶玉叫耶律雄奴。也學着叫。又叫錯了音韻字眼。叫出野驢子來。引的眾人無不笑倒」以上二段。亦見戚本文太冗長。特舍彼錄此。

又敘佩鳳打秋千說寶玉有云。「佩鳳說。罷了。別替我們鬧亂了」句下。戚本有「倒是叫野驢子來送。送使得偕鸞（即徐本偕鸞）笑說。笑歎了。怎麼打呢。吊下來。栽出你的黄子來。佩鳳便趕著他打。正頑笑不絕。此段可增。又尤氏聞賈敬死信。命將「道士都鎖了起來。等大爺來家審問。一面忙坐車帶了賴昇一干老家人媳婦出城。」殘鈔本審問句下。有一面派人送佩鳳偕鸞回去」一語。宜從。如此佩鳳偕鸞方交代。

第六十四回。寶玉回怡紅院。只有四兒看見。連忙上前來打簾子。」殘鈔本作「只見四兒和春燕。坐在門檻上。挑花線兒頑耍。四兒看見寶玉。連忙跕起來。打簾子。」宜從。挑花線。確是閨中小女子雅戲。勝於抓子多矣。

又「襲人道。我見你帶的扇套。還是那年東府裏蓉大奶奶的事情上作的。」殘鈔本還是做的。作「還是上年北府裏的愛妻沒了。你去上祭的。」極是。可卿之喪。在臘正間。非用扇時也。

第六十五回。興兒說鳳姐任賈璉納平兒。「一則顯他的賢良。二則又遂了爺的心」。戚本二則句。作「二則又拴爺的心。別往外頭走那路。又還有一段原因。我們家裏的規矩。爺們大了。未娶親之先。都放兩個人在屋裏服侍。二爺原有兩個。誰知他來了沒半年。都尋出不是來。打發出去了。別人雖不好說。自己臉又過不去。所以强通著平姑娘。作他了屋裏人」殘鈔本亦有此一段。在前「平姑娘原是他自幼兒的了頭」一段前。文字似較此簡潔。惜破爛不堪連續。按清制。帝未大婚時。慮其情竇未開。必先選宮女數人伴寢。故清帝大婚時。多已先有子女者。世謂紅樓隱射清宮。此其一端也。

又「四姑娘。小正經。是珍大爺的親妹子。太太抱來的。養了怎麼大」。戚本太太句。作「因自幼無母。

老太太命太太抱過來養着。宜從賈珍之薄待。（也是本應管事的。）

王夫人之抱養。皆有原因矣。

第六十六回湘蓮說「除了兩個石獅子乾淨」句下。戚本有「只怕連猫兒狗兒都不乾潔。我不做這剩忘八」。小柳肆言無忌。直令寶玉無地可容。故只得以「你既深知」對之。若無只怕二句。則小柳言未過甚。黛寶玉尚可為三姐分辯。何至竟以「你既深知」殺之耶。

第六十七回。「話說尤三姐自盡之後。尤老娘合二姐兒賈珍賈璉等。俱不勝悲痛。自不必說。忙令人盛殮。送往城外埋葬。「殘鈔本尤老娘五句。作「尤老娘哭哭啼啼。似瘋似癲。不知怎麼栽倒在地。竟一蹶不振了。二姐兒更非常悲痛。賈璉忙與賈珍商議。令人買棺盛殮。便同三姐兒靈柩。送往城外鐵檻寺後山荒地上埋葬。「宜從二姐已嫁。三姐已死。老娘自當以歸宿某本在六十八回中。謂「尤老娘聽見鳳姐來了。連忙開了後門逃走。尤老娘竟能如此健步。且能以一走了事。真是夢話。

又鳳姐聞秘事。平兒也不敢答言。只好陪笑兒句下。殘鈔戚本有「婉婉的勸道。奶奶也煞一煞氣兒。事從緩來。等二爺回家。慢慢的再商量就是了。鳳姐聽了。從鼻孔裏哼了兩聲。冷笑道。好罷咧。等二爺回來。可就遲了。平兒又再三苦勸一會子○方退出○正值賈母着瑪瑙來問○二奶奶為什麽不吃飯○老太太不放心○着我來瞧瞧○平兒代回道○二奶奶有些頭疼○淌一滴兒就好了○請老太太放心○說畢○打發他去了○此段宜加修改增入○

第六十八回○鳳姐罵賈蓉○成日家調三窩四○幹出這些没臉面○殘鈔本幹出句○作今年春天○挑唆着蓄兒○聽了個女戲子○如今又幹出這没天

理」蓉兄真是冤枉。一笑。

又「且說賈蓉等正忙著賈璉之事」戚本「賈璉」作「賈珍」。殘鈔本作「賈珍運柩回籍」宜從。說詳下。

第六十九回。張華老子說「原是親家說過一次。並沒應準。親家死了。你們就接進去做二房」戚本兩「親家」上。均有「原」字。宜增。

又「賈璉心中也暗暗的納罕」句下。殘鈔本有云。「却說賈珍在鐵檻寺守靈。過了百日回家。便扶理扶柩回籍。擇定十二月十二日。安葬祖塋。先期到寺。做佛事。調派家人隨往。諸事妥當。那日賈珍起身。先往宗祠拜祭。然後叩辭賈母諸人。即行上道。合族人均送至洒淚亭方別。獨賈璉賈蓉直送了三日三夜始回。一路上賈珍諄囑二人。好生收心治家。二人亦說了些保重套話。賈珍日夜辛苦。至安葬事畢回來。已是臘鼓將殘之候。此是後話。不必繁述。戚本亦有此段。誰不甚詳細。且遍卻扶柩回籍要語。是裏讀此回本（徐本）段。賈璉有「家叔家兄皆出外」之語。賈政是放學差。賈珍何往。心甚疑之。得此段可以釋然矣。且一百十六回送慈柩一段。足徵確有原文。非盡高氏鼓搗神話。不然。則可卿之柩。尚且帶去。而賈敬之柩。何竟棄他不顧耶。

又「鳳姐睡了。平兒過尤二姐那邊來勸慰了一番。尤二姐哭訴了一回」殘鈔本勸慰二句。作「情情的勸他。好生養着。不要理那賤貨。看秋桐。尤二姐哭道。我到這裏來。多虧姐姐照應我。姐姐因為我。受了好些閒氣。我縱然死了。來生亦要報答姐姐的。平兒聽了。不覺也流下淚來。說道。這總是我錯了。我是向來有事不瞞他的。既然聽着你在外頭。怎能不告訴他呢。誰知竟弄到這個樣兒。我真是後悔極了。尤二姐哭道。姐姐這話。又說錯了。姐姐不告訴他。他也有別人告訴他知

道的○而且我性在外頭住著性也不成個體統「我是一心要進來的○怎能怪姐姐多嘴呢○咸本也有此段○文太冗長○不敢比委宛有致○

第七十回○彩」雲因近日和賈環分崩○也染了無醫之證○殘鈔本作「只有彩霞○因和賈環擬抑不填染了血崩之證○故仍回家○醫治好了○自家配人○正與七十二回鳳姐說「前兒太太見彩霞大了○一則多病多災的○因此開恩打發他出去了○

給他老子○循便自己擇女婿等語相合○賈府規矩○丫頭有病○莫不立時遣出○無醫之證○更不能例外○若依徐本○彩雲既未遣出○亦長久不死○爲王夫人服伺之人○奇矣○

第七十二回○鈙彩霞不願嫁來旺之子○而求救於趙姨娘事○若依徐本三十九回探春所說彩霞乃王夫人得力丫頭○則此時懇求王夫人○斷無不了之事○何以反求趙姨娘○若謂彩雲彩霞

同為環三愛人。則趙姨調唆環三去討。環三當云。彩霞去了。還有彩雲。何以反云「他去了自然將來還有」耶。總之。彩霞戀愛環三。而環三不戀愛彩霞。若彩雲與環三。則兩不相摟矣。

又趙姨向賈政索彩霞。賈政說。「再等一二年再説」提句下。戚本有云。「趙姨娘道。寶玉已有了二年了。老爺難道還不知道。賈政聽了。忙問道是誰給的」。宜增。方與下回小鵲我們奶奶說寶玉語應

合○

第七十三回○邢夫人說迎春你是大老爺跟前的人養的○出這身裏丫探藏頭是二老爺跟前的人養的○出身一樣下○威本有如今你娘死了六字宜增迎春母死○孫本無明文○自宜敘出○

第七十四回○邢夫人知道賈璉向鴛鴦借當這裏鳳姐和平兒猜疑走風的人○反叫鴛鴦受累○豈不是咱們過失○正在胡想○殘鈔本反叫三句○作

「鳳姐道。事情原是小事。怕的是那邊正和鴛鴦結下讎。如今聽他私自借當給璉二爺。那起小人。没縫的蛋兒要還要下蛆呢。難保不造出些没天理的話來。二爺原不要緊。只是帶累了鴛鴦。豈不是咱們的過失嗎。平兒笑道。這倒不妨。鴛鴦借當。一則他看的是奶奶。二則他雖然應名兒。却是回過老太太的。老太太因爲兒孫輩多。這個也借。那個也借。還是借給那這個好。不借

此條當在下
尤氏條下賈
母條下

給那個好○而且借了不還○撒個嬌兒就完了○那裏來這許多東西○給他們糟吮○因此只裝不知道○聽憑鴛鴦裁奪○可行則行罷了○鳳姐道○話雖如此○一語未了○戚本亦有此段○惟文太冗多○此段似從戚本删改而成者○

第七十五回○賈政等賞中秋○當下賈蘭見獎勵寶玉○他便出席○也做一首○呈與賈政看○賈政看了喜不自勝○遂逐講與賈母聽○賈母也十分歡

喜。恰今賈政賞他。於是大家歸坐。復行起令來。」殘鈔本此段全刪去。又賈政說寶玉賈環做詩。「哥哥是公然溫飛卿自居。如今兄弟又自為曹唐再世了。說、得眾人都笑了。賈赦道。拿詩來我瞧。便連聲讚好。道……因又拍了賈環的腦袋笑道。以後就這樣做去。這世襲的前程就跑不了你襲了。」殘鈔本賈赦道。拿詩來我瞧。」作「賈政便命賈蘭也做一首來。賈蘭出席。略略構思。便・

寫了呈給賈政。賈政看了。點頭笑道。這孩子倒有些出息。不過欠精練些。回過的講給賈母聽。賈母十分歡喜。忙令賈政好生賞他。賈赦也湊趣笑道。拿詩來我瞧。又「賈環的腦袋作「賈蘭的腦袋。極是。極是。榮公世爵。自宜嫡長承襲。賈蘭為榮公嫡長玄孫。自屬分內宜然。若云賈環。則百思不得其解矣。

人尤氏辭了李紈。往賈母這邊來。賈母歪在榻上○殘鈔本賈母知○作頂頭遇著寶琴○帶著丫頭媳婦○拿著一個大包袱出來○尤氏笑問○那裏去○寶琴將薛姨媽有病要回去的話說了○尤氏點點頭讓兒○他過去了○走進屋來○只見賈母歪在榻

上○宜從寶琴回來去○徐本無明文○此段此段自可如○

又賈母接來吃了半碗○便分付將這攢送給鳳姐兒吃去○又指著這一盤菓子○獨給平兒吃去○

戚本又指二句。作「又指這碗筍。合這盤風醃菓子裡。給顰兒寶玉兩個吃去。那一碗肉。給蘭小子吃去。」菓子狸在野味中。為無上妙品。徐本縱或不知。誤狸為獨。何至顛倒錯亂如此。大約原本殘缺。遂臆造此等離奇文字也。

第七十六回。尤氏說「我們雖年輕。已經二十來年的夫妻。」戚本無「二」字。直從。尤氏年紀。大約不過三十餘歲。若二十來年夫妻。則年已四十餘矣。焉能自稱年輕。七十四回。鳳姐亦說「珍大嫂子不算很老」耶。

又黛玉湘雲聯句。黛玉說「如今咱們就到凹晶館去。說著二人同下山坡」殘鈔本說著句。作「湘雲點點頭兒。攜著茶杯。就同黛玉下了山坡」又翠縷等找湘雲。「那小亭子裏找找時」作「才到了那小亭子。就看見一隻茶杯。放在竹几上。不見姑娘」宜從。正與上文媳婦們找茶杯。及翠縷倒茶

給姑娘語相應

第七十七回。周瑞家的。先到迎春房裏。回明迎春。戚本回明迎春。作「回迎春道」。太太們說了。司棋大了。連日他娘求了太太。太太已賞了他娘。救他出去配人。今兒就叫他領出去。另挑好的丫頭給姑娘使。說著。便命司棋打點出去。宜從。迎春是賈赦之女。王夫人對司棋。不能不作面子語。

又王夫人遂芳官云。你還強嘴。連你乾娘都壓倒了。」戚本作「你還嘴强。我且問你。前年我們往皇陵上去。是誰調唆寶玉。要柳家的五兒」了頭來着。幸而那丫頭短命死了。不然進來。你們又是連夥聚黨。遭害這園子。你連你乾娘都欺倒了。」極是。五兒為黛玉影外影。自宜置之死地為妙。乃蘭墅不解。竟有一百九回承錯愛一段鬼鬼祟祟文字。且因望幸不至而去。無識極矣。

第七十九回。「薛文起悔娶河東吼」戚本「起」作「龍」。

與蟠字義有關○可從○

又賈赦為迎春擇壻「亦曾回明賈母○賈母心中却不十分願意」○殘鈔本賈母心中句○作「賈母心中想道○這等人家○何以年近三十○尚未娶親○因命人暗中打聽○才知他性情粗暴○日事淫凶○好人家的女兒○不肯給他○賈母聽了十二分不願意」○此段似不可少○

以上敘述○均係極顯明者○其他足正徐本之誤

處。不可校舉。他日當詳加校勘。再作補遺之錄也。

紅樓夢八十回後

盱眙吳克岐軒丞述

紅樓夢八十回後。究竟若何。或曰。書僅八十回。其他皆高蘭墅杜撰。或曰。高氏收得殘本。而以己意補綴之。由前之說。吾不之信。以戚本評中明言有後文也。由後之說。吾則認可。以送慈樞實有原文。承錯愛確係杜撰也。竊見正誤戚本有前評後評夾評。均不知何人手筆。其述及後文者。雖不能得其詳。而蛛絲馬跡。實可尋獲一二。茲撮錄於後。以諗讀者。

第一回。「溫柔富貴之鄉」夾評云。「伏紫芝軒」按紫芝軒」末見。惟第八回有絳芸軒。

第二回」前評云。「以百回之大文。先以此回作兩大筆以冒之。」按此似全書僅百回。或曰。百回舉成數也。

第三回。「我這裏正配凡藥呢。」夾評云。「為葛蒄伏脉」。按「葛菱」未見。

第四回。「下面皆注著始祖官爵並房次云。」夾評云。「此等人家。豈必欺霸。方始成名耶。總因子弟不肯。招接匪人。一朝生事。則百計營求。父為子隱。羣小迎合。雖暫時不罹禍網。而從此放膽。必破家滅族不已。哀哉」。按此評包羅事甚多。如「招接匪人」「父為子隱」「暫時不罹禍網」「破家滅族」均未見。

第五回。「一從二令三人」休。夾評云。「拆字法」按如何拆字。未見。或曰。從古作从。二人也。夫也。今合不成也。人和休也。謂鳳姐與夫不合。休歸金陵也。玩下句「哭向金陵事更哀」語義。鳳姐實未死。且與六十八回爲「大鬧甯府」「索休書」相應。其說似尚可信。

第九回。「淫污之說。佈滿書房內外」夾評云「伏下文阿獃爭風一回」。按「阿獃爭風」未見。惟三十四回。寶釵有「當日為了一個秦鍾還鬧得天翻地覆」一語。然九回之後。三十四回之前。此事並無明文。是戚本尚有脫落。高氏亦未補作也。

第十六回。「凡有的外國人來。都是我們家養活。」夾評云。「點出何鳳所有外國奇玩等物。」使「鳳姐」所有。僅見「西洋頭痛藥」。

第十七回。「却都是與壁相平的」。夾評云。「一段極清極細。後文鴛鴦瓶紫瑪瑙碟西洋酒令自行船等處。不必細表。按「自行船」見五十七回。「瓶」「碟」「酒令」。均未見。惟三十七回有聯珠瓶、纏絲白瑪瑙碟。

第十八回。「第一齣豪宴」。夾評云。「一捧雪中伏賈家之敗。」「第二齣乞巧」。夾評云。「長生殿中伏元妃之死。」「第三齣仙緣」。夾評云。「邯鄲夢中伏甄寶玉送玉。」「第四齣離魂」。夾評云。「牡丹亭中伏黛玉之死。」按賈氏之敗。元妃黛玉之死。未知原本均如高氏所補否。「甄寶玉送玉」。未見。惟歸鋤子紅樓夢補。有「甄寶玉送玉」事。

第十九回。「襲人見總無可吃之物」。夾評云。「補明寶玉。自幼何等嬌貴。以此一句。留與下部後數十回。寒冬噎酸虀。雪夜圍破氈等處對看」。按「噎虀」「圍氈」事。未見。

又「到生在這裏」。夾評云。「後觀情榜評曰。寶玉情不情。黛玉情情」。按「情榜」。未見。

第二十回「麝月篦頭」一段。夾評云。「閑上一段兒女口舌。却寫麝月一人。有襲人出嫁之後。寶玉寶釵身邊。還有一人。雖不及襲人周到。亦可免微嫌小弊等患。方不負寶釵之為人也。故襲人出嫁後云。好歹留著麝月一語。寶釵便依從此話。可見襲人雖去實未去也」。又云「寶釵襲人等行為。並非一味蠢拙古板。以女夫子自居。當繡幰燈前。綠窗月下。亦頗有或調或妬。輕俏艷麗」

等語。不過一時取樂買笑耳。非切切一味妒才嫉賢也。是以高諸人百倍。不然寶玉何甘心受屈於二女夫子哉。看過後文可知矣。按此是襲人出嫁。寶玉尚未出家。麝月終於不去。正合六十三回酒籌、荼蘼送春之意。至「釵襲兩女夫子」之如何調妒。則無從臆度矣。閑上文。當是「閱上文」之誤。

又「史大姑娘來了。」夾評云。「凡寶玉寶釵正閑相過時。非黛玉來。即湘雲來。是恐漏洩文章之精華也。若不如此。則寶玉久坐忘情。必被寶卿見棄杜絕。後文成其夫婦時。無可談舊之情。有何趣味哉。按「二寶成為夫婦」敲不至如高氏之鬼祟也。

第二十一回。前評云。「按此回之文固妙。然未見後之三十回。猶不見此之妙。此回「嬌嗔箴寶玉」。「軟語救賈璉」。後回「薛寶釵借詞含諷諫」。王熙鳳知命强英雄。今只從二婢説起。後文則直指其主。然今日之襲人。之寶玉。亦他日之襲人。他日之寶玉也。今日之平兒。之賈璉。亦他日之平兒。他日之賈璉也。何今日之玉猶可箴。他日之玉已不可箴耶。今日之璉猶可救。他日之璉已不可救耶。箴與諫無異也。而襲人安在哉。寧不悲乎。救與强無別也。甚矣。但此日何鳳英氣。何如是也。他日之身微運蹇。亦何如是耶。人世之變還。候爾如此。按薛王一回。未見。或謂即三十回之「寶釵借扇機帶雙敲。及七十二回之「王熙鳳侍強休說病。非是。觀「直指其主。知「他日之玉不可箴。「璉不可救。「襲人安在」等語可知。至「阿鳳身微運蹇。「寶似遭休棄而非早死。

又「湘雲仍住黛玉房中安歇」。夾評云。「前文黛玉未來時。湘雲寶玉則隨賈母。今湘雲已去。黛玉既來。年歲既大。寶玉各自有房。黛玉亦各有房。

故湘雲自應同黛玉一處也。按黛玉未來。湘雲隨寶也」。前無明文。咸本脱落。高氏亦未補。又「寶釵方出去」夾評云。「顰兒與寶玉。近之至諸矣。卻遠之至也。不然。後文如何反較勝角口錯事。皆出於顰哉。以及寶玉亂玉。顰兒之淚枯。種種孽障。種種憂悶。皆情之所陷。更何辨哉」。按「顰兒淚枯」。未見「反較勝」。當是「凡較勝」之誤。又「毫無牽挂。反能怡然自悦」夾評云。「此意恰好。

但襲卿輩不應如此棄也。寶玉之情。今古無人可比。固矣。然寶玉有情極之毒。亦世人莫忍為者。看至後半部。則洞明矣。此是寶玉三大病也。寶玉看此為世人莫忍為之毒。故後文方有「懸崖撒手」一回。若他人得寶釵之妻。麝月之婢。豈能棄而為僧哉。玉一生偏僻之處。按此是寶玉為僧。在襲人嫁後。故僅言麝月而不言襲人。其「懸崖撒手」一回。亦決不似高氏之「卻塵緣」也。

又「更兼淫態」夾評云。「總為後文寶玉一篇作引」。按「寶玉一篇」未見。又「不如我燒了他完事了」夾評云。「設使平兒收了。再不致泄漏。故仍用賈璉搶回。後文遺失方能穿插過脈也」。按「賈璉失髮」未見。

第二十二回。「排了幾席家宴酒席」夾評云。「是家宴。非東閣盛設也。非世代公子再想不及此」。按曹雪芹是世代公子。故能於「元妃省親」一回寫出雍容肅穆氣象。其他一器一物。一飲一食。亦莫不富麗古雅。新奇驚人。家宴云云。猶屬淺焉者也。或謂曹雪芹另有其人。乃一窮老貢生。吾恐此輩不能道隻字也。

又「他得罪了我。又與你何干。」來詳云。問的卻極是。但未必心應。若能如此。將來淚盡夭亡。已化烏有。世間亦無此一部紅樓夢矣。按此是黛玉淚盡早死。

又「回首相看已化灰」。夾評云。「此元春之謎。纔得僥倖。奈壽命何。深可悲哉」。按此是元春早死。

又「只為陰陽數不同」。夾評云。此迎春一生遭際。惜不得其夫何」。按此是迎春夫妻乖離。却未早死。

又「莫向東風怨別離」。夾評云。「此探春遠適之讖也。使其人不遠去。將來事敗。諸子孫不致流散也。悲哉。傷哉」。按此是探春遠嫁。尚在賈氏之前。

賈氏如何事敗。子孫如何流散。均未見。又「性中自有大光明」夾評云。此惜春為尼之文讖也。公府千金。至緇衣乞食。寧不悲夫。按此是惜春為尼。且乞食矣。

第二十三回。「剛至穿堂門前」夾評云。這便是鳳姐掃雪拾玉之處」。然「鳳姐掃雪拾玉」未見。

第二十六回。「只見鳳尾森森。龍吟細細」夾評云「與後文落葉蕭蕭。寒烟漠漠一對。可傷可嘆」按

「落葉二句」未見。

第二十八回。前評云。「茜香羅。紅麝串。寫於一回。蓋琪官雖係優人。後回與襲人供奉玉兒寶卿。得同終始者。非泛泛之文也。按此是襲人嫁琪官。其夫婦仍來供奉寶玉夫婦也。

又云「自聞曲以後。回回寫藥方。是白描顰兒添病也」。按「回回寫藥方」及「顰兒添病」未見。

第三十一回。前評云。「金玉姻緣已定。又寫一金麒麟。是間色法也。何顰兒為其所惑。故顰兒謂情情」。按「金玉姻緣已定」。當在二十八回。元妃端午賞賜二寶同樣而言。犀脊山樵紅樓夢補序。所謂「金玉聯姻。奉元妃之命」也。

又後評云。「後數十回若蘭在射圃所佩之麒麟。正此麒麟也。提綱伏於此回中。所謂草蛇灰線。在千里之外」。按「若蘭事」。未見。若蘭當是湘雲之壻名。攷十四回。送可卿之殯者。諸王孫公子中。

有「衛若蘭」。必其人也。至「射圃」事。七十五回。賈珍居喪。在園中設鵠習射。曾約世家弟兄較射。或者若蘭亦曾參加。也未可知。

第三十七回。「你還是你的舊號絳洞花主就好」。夾評云。「又點前文。通部中從頭至末。與後文先伏一線。行文妙絕」。按「絳洞花主」。及「前文」。「後文」。均未見。

又「目是素娥偏耐冷」。夾評云。「不脱自己將來形景」。按湘雲將來形景。不知若何。玩此句。反「種得藍田玉一盒，豈令寂寞度朝昏」句意。是家貧偕老。生有佳兒。與「白首雙星」相合。實未早孀也。

第五十四回。後評云。「作者已逝。聖嘆云亡」。按此是後評者作。評時。雪芹及前評者、或夾評者均已不在。敦敏亭（君）敦誠、宗室，英王裔，著有四松堂集。挽雪芹詩在甲申。是雪芹卒於乾隆二十九年。至「聖嘆」當指前評者或夾評者。其卒年雖不可知。然必在戚本之前。其距乾隆五十七年高氏補作之時。更不知幾何年矣。

第六十四回「五美吟。」夾評云。「五美吟與後十獨吟對照。」按「十獨吟。」未見。

綜上諸條而觀之。八十回後。二寶奉元妃命聯姻。元妃黛玉早死。迎春不得於其夫。探春遠嫁。在賈氏未敗之前。賈氏招接匪人。屢生事端。父為子隱。羣小迎合。卒罹禍網。子孫流離。二寶貧至噎薔園毬。僅留麝月一人。襲人出嫁。琪官不忘舊情。其夫婦仍來供奉二寶。寶玉終於出家為僧。惜春為尼。至於乞食。鳳姐因與賈璉不合。竟遭休棄。湘雲嫁衛若蘭生子。食貧偕老。大體如是。其詳不可得而知矣。

附戚曉堂石頭記序曰。

吾聞絳樹兩歌。一聲在喉。一聲在鼻。黃華二牘。左腕能楷。右腕能草。神乎技矣。吾未之見也。合則兩歌而不分乎喉鼻。二牘而無區乎左右。一聲也而兩歌。此一手也而二牘。此萬萬所不能有之事。不可得之奇。而竟得之石頭記一書。嘻。異矣。夫敷華掞藻。立意遣詞。無一落前人窠臼。此固有目共賞。姑不具論。第觀其蘊於心而抒於手也。注彼而寫此。目送而手揮。似譎而正。似則而淫。如春秋之有微詞。史家之多曲筆。試一一讀而繹之。寫閨房則極其雍肅也。而艷冶已滿紙矣。狀閥閱則極其豐整也。而式微已盈睫矣。寫寶玉之淫而癡也。而多情善悟不減歷下琅琊。寫黛玉之妒而尖也。而篤愛深憐不啻桑蛾石女。他如摹繪玉釵金屋。刻畫薌澤羅襦。靡靡焉。幾令讀者心蕩神怡矣。而欲求其一字一句之粗鄙猥褻不可得也。蓋聲止一聲。手止一手。而淫佚貞靜。悲戚歡愉。不啻雙管之齊下也。噫。

異矣。其殆稗官野史中之盲左腐遷乎。然吾謂作者有兩意。讀者當具一心。譬之繪事。石有三面。佳處不過一峰。路看兩蹊。幽處不逾一樹。必得是意以讀是書。乃能得作者微旨。如捉水月。祇把清輝。如雨天花。但聞香氣。庶得此書絃外音乎。乃或者以未窺全豹為憾。不知盛衰本是迴環。萬緣無非幻泡。作者慧眼婆心。正不必再作轉語。而萬千領悟。便具無數慈航矣。彼沾沾焉刻楮葉以求之者，其與閑春而瘖者幾希。

按曉堂，名蓼生，字念初，德清人，乾隆三十四年進士，官福建按察使，著有竺湖春墅詩鈔。此序如云「一聲也而兩歌，一手也而二牘」，又云「如春秋之有微詞，史家之有曲筆」，是其書言中有物，確有隱射。至云「或者以未窺全豹為憾」，又云「作者慧眼婆心，正不必再作轉語」，則是八十回後本無原文。然諸評所述。又從何而來。那戚氏與曹氏時代相近。必確有見聞。豈畏文字之禍。故以「未窺」「不再作」隱躍其詞歟。則八十回後之不傳。必非細故也矣。

紅樓夢正誤拾遺

第四十三回。「那老姑子見寶玉來了。事出意外。」殘鈔本「老姑子」作「慧道」。本回均同。宜從。伏七十七回「芳官出家」事。

第五十一回。「鳳姐說畢。未知賈母何言。且聽下回分解。」戚本無。宜從。

「第五十二回。話說賈母道。正是這樣姊」戚本作「賈母道。正是這話了」。仍接五十一回。宜從。

「賈母見寶玉身上。穿著茄枝色哆囉呢的箭袖」戚本無「枝」字。「箭袖」上有「天馬」二字。宜從。

第五十四回。「見了秋紋。忙提起壺來倒了些。秋紋道。彀了」。戚本「倒了些」作「就倒」。宜從。

第五十五回。「家學裏支環爺和蘭哥兒一年的公費。……問環爺和蘭哥兒家學裏」。殘鈔本「環爺」上均有「寶二爺」三字。宜增。

探春說平兒。「正要拿他奶奶出氣去。偏他碰了來」。戚本無「奶奶」二字。甚是。與下文「見他更生氣語相應。

第五十六回。「就是任性。也是小孩子的常情。胡亂花費。也是公子哥兒的常情。怕上學。也是小孩子的常情。都還治得過來」。戚本「任情(性)」作「弄性」。「胡亂」四句。無。宜從。

第五十七回。「紫鵑(笑)道。你這個小東西兒」。殘鈔本「東西兒」作「蹄子」。宜從。

雪雁道。是誰給了寶玉氣受。」殘鈔本「寶玉」作「寶二爺」宜從。

第五十八回。也有剎樹的。」戚本「剎」作「劓」宜從。「石頭上又冷。坐坐去罷。」戚本「坐坐」上有「那屋裏」三字。宜從。

第六十回。「連非日這個地方。他們私自燒紙錢。」殘鈔本無「非日」二字。甚是。「燒紙錢」是清明日事。非非日也。

可巧寶玉往黛玉那裏去了。殘鈔本作「可巧寶玉聽見黛玉在寶釵那裏。便也往蘅蕪院去了。」宜從。照應上回前文極細。

紅樓夢正誤拾遺

第六十二回。探春一面遣人去請李紈寶釵黛玉。殘鈔本無「黛玉」二字。方與下文「請薛姨媽與黛玉無衝突」。

李紈便覆了一個瓢字。岫烟便覆了一個綠字」。殘鈔本「射」作「覆」。「覆」作「射」。宜從。「綠」字當是「淥」字之誤。宜改。

「怎見得我們就該擦桂花油的。倒得每人給一

瓶桂花油擦擦」戚本「誘擦」作「搽不起」「擦擦」作「搽

搽」宜從。

第六十七回。「卻被道人幾句冷言。打破迷關」戚

本「冷言」作「偈言」宜從。

「你珍大嫂子的妹妹三姑娘。他不是已經許定。

給你齊哥哥的義弟柳湘蓮了麼」戚本「給你」句下。

「有這些根好。宜從。

「又去問人。都說沒看見」戚本「都說」句下。有「我因

如此。急的沒法。推有望著西北上大哭了一場。回來了。說著。眼眶兒上又紅上來了」直瞪。「只見一個小了頭兒。在外間屋裏。情情的和平兒說。話旺兒來了。在二門上伺候著呢。又聽見平兒」出情情的道。」殘鈔本作「正說著。只見一個小了頭兒。在門外簾子縫裏。使眼色給平兒。平平兒便到外間屋裏。和他唧唧噥噥的說話。只聽見平兒說道。」直促。

第七十四回。如今寧可我省些、別委屈了他々們。」戚本「他們」下有「以後要省儉。先從我來。倒又使得。」直潰。

「忽見邢夫人的陪房王善保家的走來。」戚本七「善保」均作「保善」。

鳳姐說。「這符兒合扇子。都是老太太合太太常見的。媽媽不信。咱們只管帶了去。王家的忙笑道。二奶奶既知道就是了。鳳姐道。這也不算什麽希罕事。撩下。再往別處去。是正經。」殘鈔本「媽媽」五句。全删去。戚本「正經」下有「王善保家的聽鳳姐如此說。也只得罷了。」直從

第七十五回「賈母聽了。心中甚不自在。恰巧見他姊妹來了。」殘鈔本「他姊妹」作「探春」。極是。「左邊賈赦賈珍賈璉賈蓉。」殘鈔本「賈璉」下有「賈琮」。宜增。

第七十七回。「邢夫人遣人過來知會。明日接迎

春家去住兩日。以備人家相看。且又有官媒來求說探春等」戚「下有「事」字。直從。又二十二回夾評云「此探春遠適之讖也。使其人不遠去。將來事敗。諸子孫不致流散也」。是探春之嫁。決不如高氏所補。在事敗之後。今既有「官媒說合」。或如迎春不久即嫁也。是年探春十五歲。迎春「家去」說。本回辭行。是本日事。不過至晚安歇而已。」戚本無此句。宜從。

殘鈔本「明日」作「今兒」本「等」

第七十八回

第七十九回。寶玉見他這樣。便悵然如有所失獃獃的站了半天。」戚本「半天」下。有「思前想後」。不覺滴下淚來。」宜增。

第八十回。金桂「鼻孔裏嗤嗤的兩聲。冷笑道。」戚本「冷笑」上。有「相著手。」直從。

「寶玉也笑著起身整衣。」殘鈔本句下。有「衆管家吩咐李貴道。這裏座小人多。我們到外間散一散。你們好生侍候著。李貴等答應了。」宜增。

紅樓夢正誤補卷一

盱眙吳克岐軒丞述

余前有紅樓夢正誤之作。草草脫稿。遺漏實多。日昨又得午厂本。係就高氏百二十回本評改。姓名不詳。惟卷末有「午厂點讀一遍」字樣。姑以「午厂本」名之、雖不知所據何本。然亦頗有可採處。乃合「戚本」「殘鈔本」作正誤補如左。

第一回。「賈雨村風塵懷閨秀。」殘鈔本「閨秀」作「知己」嬌杏乃甄氏之婢。不足稱「閨秀」。不如採取回中「風塵知己」語為安當。

「煉」成高十二丈。見方二十四丈」。戚本「高」下有「經」字。「見方」「見」作「方」經」。宜從。

「說」畢便袖了」。戚本作「說」著便袖籠了這石」。宜從。

「攜」入紅塵」。引登彼岸的一塊頑石」。戚本「引登彼岸」作「歷盡離合悲歡炎涼世態」。宜從。

「不」敢稍加穿鑿。致失其真。戚本「至失」句作「徒為哄人之。目而及失其真傳者。今之人。貧者日為衣食所累。富者又懷不足之心。總一時稍閒。又有貪淫戀色好貨尋愁之事。那裏有工夫去看那理治之書。所以我這一段事。也不願世人稱奇道妙。也不願世人喜悅檢讀」宜從。

「我避事消愁之際。」戚本「避事」作「避世」宜從。

「不比那謀虛逐妄」戚本「不比」作「就比」句下有却也有了口舌是非之害。腿腳奔忙之苦。宜從。

「因見上面。大旨不過談情。亦只實錄其事。絕無傷時淫穢之病。」戚本「大旨」三句作「雖有指奸責佞貶惡誅邪之語。亦非罵世之旨。及至君仁臣良。父慈子孝。凡倫常所關之處。皆是稱功頌德。眷眷無窮。實非別書可比。雖其中大旨談情。亦不過實錄其事。又非假擬妄稱。一味淫邀艷約私訂偷盟之可比。」直從

「道人問道。你攜了此物意欲何往。那僧笑道：

主就將此物夾物於中」。蔵本「此物」作「這蠢物」。下作「此蠢物」。宜從。

「那僧道。此事說來好笑」。蔵本「好笑」下有「竟是千古未聞的罕事」。宜增。

「因留他在赤霞宫居住。就名他赤霞宫神瑛侍者」。蔵本「赤霞」作「赤瑕」，下同。正好與「絳珠」作對。

「饑餐秘情果。渴飲灌愁水」。蔵本作「饑則食蜜青青菓爲膳。渴則飲灌愁海水爲湯」。可從。

故甚至五内鬱結着一段纏綿不盡之意。常說自己受了他雨露之惠。我並無此水可還。他若下世為人。我也同去走一遭。但把我一生所有的眼淚還他。也還得過了。戚本作「故其在五内便便鬱結成一段纏綿不舒之意。近日這神瑛侍者凡心偶熾。乘此昌明太平朝世。意欲下凡。造歷幻緣。已在警幻仙子案前掛了號。警幻亦曾問及灌溉之情未償。趁此倒可了結的。那絳珠仙子道。他是甘露之惠。我並無水可還。他既下世為人。我也去下世為人。但把我一生所有的眼淚還他。也償還的過他了。宜從若神瑛無下世。則絳珠下世語無根。

因此一事。就勾出多少風流冤家。都要下凡。造歷幻緣。那絳珠仙草也在其中。今日這石復還原處。你我何不將他仍帶到警幻仙子案前。給他掛了號。同這些情鬼下凡。一了此案。風太寬家」下有「來字。都要」八句。作「陪他同去。」「了」作「了」結」宜從。語簡而話。無重複版滯之弊。「那道人道。果是好笑。從來不聞有還來之說」戚本「果是」句。作「果真是罕聞」之說」句下。有想來這一段故事。比歷來風月故事。更為瑣碎細膩了。那傳道歷來幾個風流人物。不過傳其大概。以及詩詞篇章而已。至家庭閨閣中。一飲一食。總未述記。再者大半風月故事。不過偷香竊玉。暗約私奔而已。並不曾將兒女之真情發洩一二。想這一干人入去其情癡色鬼。賢愚不肖者。悉與文前人傳述」不同。宜修飾加入。

「原來是一個了環在那裏掐花」戚本「掐」作「擷」宜（下同）從。

「直鼻方腮」戚本「方腮」作「權腮」宜從。

「行去幾回眸」戚本「回眸」作「回頭」宜從。

「光上玉人頭」戚本「頭」作「樓」宜從。

「何期過譽如此。」歲本作「何敢狂誕至此。」宜從。
「不覺飛觥獻斝起來。」歲本「獻斝」作「限斝」。宜從。
其，明歲正當大比。兄宜作速入都。春闈一捷。
方不負兄之所學。雨村既非舉人。焉能竟入春
闈。殘抄本「正當大比」作「巧遇特科。」「春闈」句作「棘
闈告捷。」宜從。
「意欲寫薦書兩封」歲本作「意欲再寫兩封書。」宜
從。

「葫蘆廟中炸供。那些和尚不小心。油鍋火逸。」戚本「炸」作「供」，「炸供」作「供油」。「鍋」上有「致」，「使」宜從。

「牽五掛四。」戚本「掛四」作「掛六」，宜從。

「直燒了一夜方息。」戚本「方息」作「方漸漸的熄去」，宜從。

「只得將田地都折變了。攜了妻子與兩個丫鬟投他岳丈家去。」戚本無「將田地都折變了」七字，宜從。

「雖是務農家中卻還殷實」錢鈔本「雖是」句作「也在姑蘇城住」宜從

「幸而士隱還有折變田產的銀子在身邊。拿出來。托他隨便置買些房地。以爲後日衣食之計。那封肅便半用半騙的。略與他些薄田破屋」錢鈔本作「幸而士隱還有些田地。托他折變。好做衣食的費用。才留他士隱等住下。他便陸陸續續的隨便給了士隱些銀錢。將田地都據爲己有了」宜從。

士隱乃讀書之人○不慣生理稼穡等事○咸本「稼穡」作「計算」○宜從○

「再兼上年驚唬急忿怨痛已傷」○殘鈔本「上年」作「連年」○「怨痛已傷」作「已有積傷」○宜從○

「人人都曉神仙好」○殘鈔、咸本「曉」作「說」○下同○宜從○

「終身只恨聚無多」○咸本「終身」作「終朝」○宜從○

「衆人都說新太爺到任了」○「丫鬟隱在門內看時」○殘鈔本無「了鬟」一句○宜從○如果嬌杏隱在門內○則

雨村不能看見也。

第二回賈夫人仙逝揚州城。冷子興演說榮國府。殘鈔本作「林如海鹽署喪賢妻。冷子興酒肆說榮府」宜從。

今已出家一二年了。殘鈔本「一二年」作「多時」宜從。士隱出家」決無「一二年」以合混語為是。

「由京太爺便了。大家把封肅推擁而去。戚本作「投見太爺面禀」省得亂跪。說著不容封肅多說。

大家推擁他去了」宜從○

「至二更時分○封肅方回來○」戚本作「那天約二更時○只見封肅方回來○歡天喜地」宜從○

「衆人忙問端的」、殘鈔本句下有「封肅笑說道○」宜從○

「封肅喜得眉開眼笑」戚本「眉開眼笑」作「屁滾尿流○」宜從○

「大比之期○十分得意○中了進士○選入外班○今已

陞了本縣太爺。」殘鈔本「大比」三句作「應試之時。文章得意。榜發之後。」「陞」作「補授」。宜從。

「將歷年所積宦囊。」殘鈔本無「歷年」二字。宜從。與上文「不上一年」語合。

「到任未久。」戚本作「到任方一月有餘。」宜從。

「你們同姓豈非一族。」戚本「一族」上有「同宗」二字。宜增。

「我們不便去認他。」戚本「認他」作「攀扯」。宜從。

「街東是甯府。街前是榮府。二宅相連」一東一西。如何能相連。戚本「街東」二句作「路北」。殘鈔本作坐北朝南、更為明顯、宜從「東是甯國府西是榮國府」宜從。

「簡你是進士出身。」殘鈔本「進士」作「特科」宜從。

「安富尊榮儘多」。戚本「尊榮」下有「者」字宜讀

「內囊卻也盡上來了。這也小事」。戚本「這也」作「這還是」宜從。

「雨村也道。這樣詩禮之家。豈有不善教育之禮。」戚本「也」下有「駭」字。「之」「禮」作「之理。」宜從。「今年纔十六歲。名叫賈蓉。」戚殘鈔本「十六」作「十五。」宜從。據己酉捐「龍禁尉」年「二十。」今年甲辰。雖是十五歲。「為人平靜中和。也不管家務」戚本無此二句。直刪。於賈赦為人。完全不像。「你道是新聞異事不是。雨村笑道。果然奇異。」殘鈔本新聞作奇聞。奇異下。有弟去年在都。也曾略有所聞。其事。卻不知其詳。實從寶玉降生之年。正值雨村入都。不應竟無聞知。這女兒兩個字。極尊貴清淨的。比那瑞獸珍禽奇花異草。更希罕尊貴呢。以鳥獸花草比女兒。直是唐突。有何尊貴清淨之可言。戚本比那二句。作比那阿彌陀佛元始天尊的這個寶號。還更尊榮無對呢。斯真尊貴清淨矣。

「設若說錯。便要鑿牙穿眼的。」話說錯與眼何和。戚本「穿眼」作「穿腮。」宜從。「上一排的。」卻也是從弟兄而來的。戚本「一排」作「一輩。」宜從。

「雨村拍手笑道。是極。我這女學生名叫黛玉。」戚本「名叫黛玉。」無。前已敘明。此處可刪。

「可惜上月其母竟亡故了。」子興嘆道。老姊妹三個。這是極小的。」殘鈔本「上月」作「今年。」戚本「三個」

作「四」個。宜讓從。致黛玉因母喪哀毀致疾。賈母遣人來接。等候黛玉病愈。現將敘行等事。決非亡月亡故也。

「若問那赦公。也有二子。次名賈璉。今已二十來往了。親上做親。娶的就是政公夫人王氏之內姪女。今已娶了二年。這位璉爺身上現捐的是個同知。」午本「二子」作「三子。」下有「長子賈瑚。早天。」「往了」下補「還有庶出一子。」「親上」上。有「這璉爺。這從」二字。「無宜從。賈璉有兄。敬稱「二爺」「賈璉」是庶出也。

第三回「記內兄如海薦西賓。接外孫賈母惜孤女」午厂本「如海」作「林海」「惜孤女」作「憐弱息」宜從。為林海在不能稱孤。

「念及小女。無人依傍」戚本「依傍」下有「教育」二字。宜從。

「擇了出月初二日。小女入都」戚本「出月初二」作

正月初六」宜從。與下文「賈母過了春天」語相合。正

那「女學生原有忽棄父而去。」感本「學生」下有「黛玉身體方愈」宜增。

如「海說汝父年已半百。」感本「年已」作「年將」宜從。

與工「同年已四十」語相應。下。

「下無姊妹扶持。」感本「姊妹」有「兄弟」二字。宜從。

賈政「便極力幫助題奏之文日。謀了一個復職」感

本「幫助」作「用中協力。」謀了」句。作「輕輕謀了一個

復職侯缺。」宜從。

「不上二月。便選了金陵應天府。辭了賈政。擇日到任去了。不在話下。」殘鈔本作「不上兩個月。便補實缺。誰知雨村官運亨通。又不久便陞了金陵應天府了。此是後話不提。」宜從。以革職之知縣。開復即做知府。又無是理也。

「不要多說一句話。」戚本「不要」作「不肯輕意」。宜從。

「將轉灣時。便歇了轎。」戚本「便歇」句作「便歇下。退出去了。」宜從。「早被賈母抱住。摟入懷中。心肝兒肉。叫著大哭起來。」戚本作「早被他外祖母一把摟入懷中心肝兒肉叫著哭起來。」宜從。「我這些女兒。所疼者獨有你妹。今一旦先我而逝。不得見一面。教我怎不傷心。」說著攜了黛玉的手。又哭起來。家人忙相勸慰。」戚本「女兒」作「兒女」。有挖改痕在內。「今、一」六句作「今甘一旦先捨

我而去。連面不能一見。今見了你。我怎不傷心。故

說着摟了黛玉在懷。又嗚咽起來。衆人忙都寬

慰解釋」。宜從」。遂層敘來。況痛極矣。所謂無聲勝

有聲也。

「卻有一段風態度。……如何不治好了。」咸本「一

段」下。有「自然」。「治好了」作「為療治」。宜從。

從」。會吃飯時。……經過多少名醫」。咸本「飯」作「飲

食」。「經過」作「請了多少名醫修方配藥」。宜從。

「擁著一個麗人○從後房進來」○咸本「擁」上有「圍」字○無「麗」字○宜從○

「綰著朝陽五鳳攢珠釵○項上戴著赤金盤螭纓絡圈○身上穿著縷金百蝶穿花大紅雲霞窄褙襖」○咸本「攢珠」作「掛珠」○「纓絡圈」作「瓔珞圈」○下有「褙邊繫著豆綠宮縧雙魚比目玫瑰珮」○「雲霞」作「緙緞」○直從○

「他是我們這裏的有名的一個潑辣貨」○咸本「潑

辣貨」作「潑皮破落戶兒」宜從。

「問妹妹幾歲了。可也上過學。現吃什麽藥。」殘缺本作「問妹妹現吃什麽藥。」宜從。黛玉「幾歲上學。」

鳳姐決無不知之理。

「等晚上想著。再叫人去拿罷」底本「再叫」句作叫人再去拿罷。可別忘了。」宜從。

大」家送至穿堂垂花門前」底本作大家送至穿堂前。出了垂花門。」宜從。

「至儀門前。方下車來。」殘鈔本「門前」下有「衆小廝
追出。媳婦們打起車簾」宜從。
「黛玉度其處。」戚本「處」作「房屋院宇」。宜從。
「一邊是鏨金彝。」戚本「鏨金」作「金蜼」。宜從。
「堂前黼黻煥烟霞。」戚本「烟霞」作「雲霞」。宜從。
「正面設著大紅金錢蟒引枕。」戚本「錢蟒」下有「靠
背。引枕」上有「石青金錢蟒。」宜從。
「拉茗碗茶具等物。」戚本「茶具」作「唾壺。」宜從。

「都搭著銀紅撒花椅搭」戚本「撒花」作「灑花」「椅搭」作「椅袱」，宜從。

「設著半舊的青緞靠背引枕」戚本無「半舊的」三字，下同，宜從。

[illegible]從宜刪

「你只以後不要採他」戚本「採」作「睬」，宜從。

「黛玉素聞母親說過，有個內姪乃銜玉而生，頑劣異常，不喜讀書，最喜在內幃廝混，外祖母又溺愛，無人敢管」戚本「黛玉」二句，作「黛玉亦常聽得母親說過。二舅母生的有個表兄。」「不喜」作「極悲」「又」作「又極」。宜從。

「若姊妹不理他，他倒還安靜些。」戚本「靜些」下有「縱然他沒趣。不過出了二門，背地裏拿著他的兩三個小子出氣。咕唧一會子就完了。」可增。

「李鳳二人立於案旁勸讓。」戚本「勸讓」作「佈讓」。宜從。是此語。

「每飯後。必過片時方吃茶不傷脾胃。」戚本「必過」

二句。作「務待飯粒咽完。過一時再吃茶。方不傷脾胃。」宜從。

「黛玉心中想。這個寶玉。不知是怎生個憊懶人物」。戚本「想」作「正疑惑著。」「人物」下。有「懞懂頑童。到不見那蠢物也罷了。」宜從。

「鼻如懸膽。睛若秋波。」戚本「鼻如」句。作「臉若桃瓣。」宜從。寫寶玉與尋常美男子不同。

「潦倒不通庶務。」戚本「庶務」作「時務」。宜從。

「寶玉」又道。林林尊名。黛玉便說了名。」殘鈔本無
此三句。甚是。黛玉之名。寶玉豈有不知者。
「寶玉聽了。登時發作起狂病來。」戚本「狂」病作「癡
狂病。甚是。「狂」由「癡」起也。
「還說」靈「不靈」呢。我也不要這勞什子。」戚本「靈」上
均有「通」字。「什子」作「什古子」。」直從。
「寶玉聽如此說」想一想。也就不生別論了。」戚本「想
一想」下。有「竟大有情理。」直從。

賈母說「等過了殘冬春天。再與他們收拾房屋。」戚本無「殘冬」二字。宜從。與上文黛玉「正月初六」動身語相合。

「賈母見雪雁甚小。一團孩氣。王嬤又極老。」殘鈔本「甚小」。無。「極老」作「多病」。宜從。致黛玉是年七歲。焉有極老之乳母。

賈母「生恐黛玉之婢。不中任使。素知襲人心地純良。遂與了寶玉」戚本「不中」句。作「無論力盡忠之「心」「素知」作「素喜」句下有「肯盡職務」宜從。「他見裏面黛玉鸚哥等猶未安歇」。殘鈔本「鸚哥」作「紫鵑」。下同。宜從。

第四回「取名賈蘭今方五歲」。殘鈔本「五歲」作「八歲」。宜從。按七十八回癸丑「年十三」。上溯至今年戊申。雖是「八歲」。

「小人告了一年的狀。竟無人作主」。殘鈔本「小人」句。作「小人告他」。宜從。

門子說雨村。「八九年來便忘了我了。」殘鈔本「八九」作「十多」。宜從。雨村離葫蘆廟。首尾已十一年矣。

「雨村大驚。方憶起往事」。戚本「雨村」句。作「雨村聽罷。如雷震一驚」。宜從。驚醒舊夢。安得不「如雷震」。

「因被火之後。無處安身。想這件生意到還輕省。耐不得寺院淒涼景況」。戚本「安身」下。有「破投別廟去修行。又耐不了清冷景況」。「想」上有「因」字。「輕

省」下。有「熱鬧」。耐「不」句。無。宜。從輕省「熱鬧」。謂係官

場不少。

「貧賤之交。不可忘也。此係私室。但坐何妨。戚本

也」作「你我投人也。「此係」二句。作「二」則此係私室。

既欲長談。豈有不坐之理。宜從。

「對」村道。何為護官符。門子道。戚本「官符」下。有「我

竟不知。「門子道」下。有「這還了得。連這個不知。怎

能做得常還道。宜增。

「賈不假。白玉為堂金作馬」戚本注云。「寧國榮國二公之後。共二十房」分除寧榮親派八房在都外。現原籍住者十二房」「阿房宮。三百里。住不下金陵一個史」戚本注云。「保齡侯尚書令史公之後。房分共二十。都中現住十房。原籍十房」「東海缺少白玉牀。龍王來請金陵王」戚本注云。「都太尉統制縣伯王公之後。共十二房。都中二房。餘在籍」「豐年好大雪。珍珠如土金如鐵」戚本注云。

「紫薇舍人薛公之後。現領內帑庫銀行商。共八房」。口碑注腳。伏後來之敗。故其下接云。「雨村猶未看完。忽聞傳點。人報王老爺來拜」「王拜者。亡之敗也。

「不甚好女色。」戚本作「不喜女色」宜從。

「這薛公子。原是早已擇定日子。上京去的。」戚本「去的」下。有「頭起身二日前。偶然見了這丫頭。欲買了就進京的。誰知鬧出事來。」可增。

「聞得他自五歲被人拐去」殘鈔本作「聽說他四歲就」被人拐去了」宜從。據一回英蓮「被拐」確是四歲。

「所以隔了七八年」殘鈔本作「雖所以隔了十多年。」

「如今有十二三歲的光景」宜從。是年英蓮十三歲。

「然大段未改。所以認得他。但他眉心中原有米粒的一點胭脂痣。從胎裏帶來的。」的」底本「然大」二

「的。」作「然」。大概自是不改。熟人易認。「但他」作「況他」。
「痞」作「瘸」。「來的」下。有所以我却認得。宜從。
「誰料天下竟有不如意事。」戚本「竟有」下。有「這等」二字。宜增。
這馮公子空喜一場。一念未遂。反花了錢。送了命。戚本「反花」二字。作「反花了性命」。語極滑稽。宜從。
「這英蓮受了拐子這幾年磨折。」殘鈔本「幾年」作許多年宜從。
「這」薛家縱比馮家富貴。戚本「富貴」作「有錢」宜從。
薛實富而不貴。
「且」不要議論他「人」。戚本無「人」字宜從。
「老」爺何不順水推行舟。做個人情將此案了結。日
後也好去見賈王二公的。戚本「人情」上有「整」字。
「公的」下有「面」字宜從。
「老」爺斷一千也可。五百也可。戚本兩「可」字均作

「得」宜從。是北語。

「這薛公子學名蟠，表字文起。」戚本七十九回回目。「文起」作「文龍」。宜從。與「蟠」字義有關。「性情奢侈。」戚本「到上」作「有從五六歲時就是性情奢侈」。宜從。

「乳名寶釵，生得肌膚瑩潤。」戚本「骨」作「膚」。宜從。

「或是你姨奶家。」戚本「姨奶」作「姨娘」。宜從。的的薛姨媽口吻。

「咱們這園子。反一高一拖的奔了去」。戚本「園子」作「工夫」。宜從。

「你舅舅姨娘兩處。每每帶信捎書接咱們來」。戚本作「他們常常捎書來。要咱們進京」。宜從。

「你賈家姨娘。未必不苦留我們」。戚本「姨娘」下有「家」字。「未必」作「自必苦留」。宜從。

「守著舅舅姨母住著」。戚本「姨母」作「姨父處」。宜從。

「虧賈雨村就中維持了」。戚本「了」下有「結」字。宜增。

賈政說「外甥年輕。不知庶務。在外住着。恐怕又要生事。」戚本「庶務」作「世路」。殘鈔本「恐怕」下有「壞人引誘」。宜從。

「咱們東南角上梨香院一所十來間」。戚本「東南」作「東北」。宜從。與下文「西南角」語相應。

「王夫人原要留住。賈母也就遣人來說」。戚本「原欲留住」作「本欲留」。無「就」字。宜從。極寫榮府款留薛氏母女。是加倍寫法。

「薛姨媽原欲同居一處。方可拘緊些兒。」戚本「原欲」作「正欲」。「拘緊些兒」作「拘來些兒子」。直從。

「生恐姨父管束不得自在。」戚本「管束」作「管約拘緊」。「不得」句。作「料必不得自在的」。直從。

「誰知自此間住了不上一月。」戚本「自」下有「來」字。「一月」作「半個月」。直從。

第五回。「賈寶玉神遊太虛境。警幻仙曲演紅樓夢」。殘鈔本作「臥香閨可卿破俗。例遊幻境寶玉墮迷津」宜從。言中有物。
「寶玉和黛玉……真是言和意順，似漆如膠。」戚
本「似漆」句。作「畧無參商。」宜從。
寶釵「容貌美麗。」人謂黛玉所不及。」戚本「美麗」作
「豐美。」「人謂」作「人多謂。」宜從。
「故」深得下人之心。」戚本作「故」比黛玉大得下人
之「心。」宜從。
寶玉「如今與黛玉同處賈母房中坐臥。」戚本「同

處」八字。作「同賈母一處坐臥」宜從

他」心中便有些不快」戚本「他」作「也」不看係何人所畫」宜從

那」裏有個叔叔往姪兒媳婦房裏睡覺的禮。秦氏笑道。噯喲……就忌諱這些麼。」戚本「禮」作「道理。」「噯喲」作作「噯喲喲。」「些麼」作「些個」宜從。

剛」至房中。」便有一股細細的甜香。」戚本「房中」作「房門。」宜從。尚未進門也。

「只留下襲人秋紋晴雯麝月四個丫環爲伴」戚本「秋紋」作「媚人」。

「秦氏便分付小丫環們好生在簷下看着貓兒打架」。戚本「簷」上有「廊」字，「貓兒」下有「狗兒」，宜從。

此條下有遺存刪一條錄同不

「欲止而欲行」。……「點爍文章」。……「香培玉篆」戚本「欲行」作「們行」。「點爍」作「閃爍」。「玉篆」作「玉琢」。

「可憐風月債難酬」。戚本「酬」作「償」。宜從。

「惟見幾處寫着的是癡情司。結怨司。朝啼司。暮哭司。春感司。秋悲司。殘鈔本「結怨」作「薄命」，「暮哭」作「夜怨」。宜從「薄命」，是書中之主，且與下文相應。「朝啼」「暮哭」「花」複。

「春恨秋悲皆自惹」。殘鈔本作「春怨秋愁皆自惹」。可從。

「看那封條上」。皆有各省字樣」。戚本皆有」都作皆。是各省地名」。宜從。

「兩邊二櫥」。則又次之。……寶玉看下首一櫥。戚本

「雨邊」作「雨下邊」。「廚」作「二廚」。直從一條直錄在「金簪埋雪裏。玉帶掛林隈。」戚本作「玉帶林中掛」。條下

金釵雪裏埋。

「雪下一股金簪。」戚本「金簪」作「金釵」。

「展眼弔斜暉。」戚本「展眼」作「轉眼」。

「終是陷泥中。」戚本作「終陷淖泥中」。

「一載赴黄粱。」今本「一載」作「三載」。以迎春癸丑冬嫁，丙辰春死，首尾是將及「三載」也。

「有一美人在內看經。」戚本「看經」上有「獨坐」宜從。

「功名蓋世。富貴流傳。已歷百年。」戚本「蓋世」作「奕世。」「已歷」作「難歷」宜從。

「雖聰明靈慧。」戚本「雖」下有「不」字宜增。

「但聞一縷幽香。不知所聞何物。寶玉遂不住相問。」戚本「不知」句作「竟不知所焚何物。」「不住」作「不禁」宜從。

「寶玉自覺香清味美。迥非常品。」戚本「味美」作「味異」「迥非」的作「絕美非常」宜從。

「更」不用再說此饌之盛。寶玉因此酒香洌異常。」戚本此「饌」作「那餚饌」。「因」下有「聞得」「香洌異常」作「清香甘洌。異乎尋常」宜從。

「請問演何詞曲。」戚本「詞曲」作「詞曲」宜從。

「命小環取了紅樓夢原稿來。遞與寶玉。接過來。一面目視其文。耳聆其歌曰。」殘鈔本「接過來」作「寶玉接著。」戚本「一面」三句。作「一面看。一面聽其歌曰」直從。

「紅」樓夢引。戚本上有「第一支」。

「終」身誤。戚本上有「第二支」。

「枉」凝眉。戚本上有「第三支」。

「怎」禁得秋流到冬。戚本「冬」下有「盡」字。

「恨」無常。戚本上有「第四支」。

「兒」命已入黃泉。戚本「兒」下有「今」字。

「天」倫呵。戚本無此三字。

「分骨肉。」戚本上有「第五支。」

「樂中悲。」戚本上有「第六支。」

「世難容。」戚本上有「第七支。」

「却不知好高人愈妬。」戚本「妬」作「太。」

「喜寃家。」戚本上有「第八支。」

「一味的驕奢淫蕩貪歡媾。」戚本「歡媾」作「禎穀。」

「一載蕩悠悠。」午厂本「一載」作「三載。」

「虛花悟。」戚本上有「第九支。」

「把只韶華打滅那清淡天和。」戚本「只」作「這」。「那」上有「覓」字。

「西方寶樹喚婆娑。上結著長生菓。」戚本無「喚」字。「琵琶」作「婆娑」。「上」字無。

「聰明累。」戚本上有「第十支」。

「反算了卿卿性命。前生心已碎。」戚本「算」作「送」。「前生」作「生前」。宜從。

「留餘慶。」戚本上有「第十一支」。

「留餘廢。留餘廢。」戚本無壹。

「曉韶華。」戚本上有「第十二支。」

「氣昂昂頭戴簪纓。……威赫赫爵祿高登。」戚本

「簪纓」「高登」均疊二字。

「好事終。」戚本上有「第十三支。」

「家事消亡首罪寧。」戚本「消亡」作「消亡」，宜從。

「飛鳥各投林。」戚本上有「第十四支。」

「分離聚合皆前定。」戚本「皆前」作「前生。」

「雲雨無時」戚本「無時」作「無休」宜從。

「再將吾妹一人。乳名兼美」戚本「吾」作「吳」。

「而今後。萬萬解釋。改悟前情」戚本「後」上有「以」字。

「萬萬」作「萬望」。宜從。

「因二人攜手出去游玩之時」戚本「因」字在「二人」下。「之時」無。宜從。

「狼虎同行」戚本「同行」作「成羣」。宜從。

「遙且千里」戚本「且」作「亘」。宜從。

「只聽迷津內響如雷聲。」戚本「響如雷聲」作「水響如雷」。宜從。

保留錄、前

請併上

「乃放春山遺香洞。太虛幻境。」戚本「遺香」作「遣香」。下同。宜從。

第六回「賈寶玉初試雲雨情。劉老老一進榮國府。」殘鈔本作「試雲雨花婢佔先壽。試（謁）親戚劉嫗進榮府。」宜從。「試雲雨」事。的是襲人引誘。宜以直筆書之。

襲人嚇的忙伸出手來。」戚本「伸」作「退」。宜從。「心」中便覺察了一半。不覺羞得紅漲了臉面。」戚本「不覺」句作「不覺也羞紅了臉」。甚是。

寶玉「遂與襲人同領警幻所訓雲雨之事。」戚本「遂」下有「強」字。「訓」作「授」。宜、從。至此尚說鬼話。作者之筆真惡。

「到還是個頭緒。原來這小小人家。」戚本「頭緒」下。有你道這一家姓甚名誰。又與榮府有甚瓜葛。

諸公若嫌瑣碎粗鄙呢。則快擲下此書。另覓好書去醒目。若謂聊可破悶時。待蠢物細細言來」

「原來」戚作「方纔所說。」宜從。以「蠢物」自稱。是作者隱射「寶玉。」實為鐵案。

「餘者皆不知也。」戚本「知也」作「認識。」宜從。

「王成亦相繼身故。」戚本「亦相繼」作「新近亦因病」。宜從。

「青板擠來兩個。無人看著。」戚本「看著」作「管。」宜從。

「因」這年秋末冬初。天氣冷將上來。「戚」殘鈔本作「因」這年天氣已交深冬。轉眼就是臘月。宜從。與上因「梅花盛開」合。「守著多大碗的兒吃」〃〃大的飯」戚本「的飯上。有碗」字宜增。「在家挑達也沒風。狗兒聽了道。」戚本「挑達」作「跳蹋」。「沒」作「不中」。「聽了道」作「聽說。便急道」。宜從。「難道叫我打劫去不成。劉老老說道。誰叫你打劫去吃。」咸本「打劫去」均作「打劫打（偷）去。」宜從。「打劫」是一事。「偷去」又是一事。

「我又沒有收稅的規。」咸本「稅」作「租」。宜從。

「最愛齋僧佈施。」咸本「佈施」作「數道捨米捨錢的。」宜從。

拔一根汗毛比咱們的腰還壯哩。」咸本「汗毛」作「寒毛」。（下同）「壯」作「粗」。（下同）宜從。

劉氏道：「你老說得是。你我這樣嘴臉。」咸本「老」下下有「雖」字。你「我」上。有「但」「只」。「樣」下有「個」字。直從。

狗兒說。「我」教你個法兒。咸本「你」下有「老」「一」二字。直從。

劉老老道。我也知道。只是許多時不走動、、、、這說不得的了。咸本「知道」下有「他」的。「不走動」作「不曾往他家去走了一淌兒過。「這」下有「也」字。無「時」「字」直從。

倒還是捨了我這副老臉去碰一碰。果然有些

好處。也大家看蓋。」戚本「碰」均作「磞」。也大」句。作「大家都有益。便有是沒銀子拿來。我也到那公府裡門。見一見世面。也不枉我一生。說畢。大家笑了一回。」直從。

「又將板兒教了幾句語。五六歲的孩子。」戚本「教了幾句話」作「教訓幾句」。「五六」句。上有「那板兒纔」下有「一無所知。直從。是在家先教訓也。

「至寧榮街來。」戚本「至」上有「找」字。直從。

然」後蹲在角門前。只見幾個挺腰凸肚指手畫腳的人。坐在大門上。」戚本「蹲在」作「蹭到」。「凸」作「疊」。「大門」作「大櫈」。宜從。描寫生動。

「劉老老只得挨上前來。」戚本「挨」作「蹭」。宜從。

「那些人聽了都不睬他。」戚本「睬他」作「瞅睬」。宜從。

「你從這邊遶到後街門上找。」戚本作「你要找時。從這邊遶到後街上後門上去問。」宜從。

孩子道。這個容易。你跟我來。引着劉老老。」戚本

「引着」。上有「說着跳躥躥」五字。宜從。活潑頑童。神情如繪」

「劉老老迎上來問了個好」。「戚本了個作道」。宜從。

周瑞家說」。「你說這幾年不見我就忘了。請家裏坐」。戚本「你說」句作「你說說能幾年」。「坐」下有「坐罷」。宜從。

「豈有個不叫你見個正佛去的」。戚本「正佛」作「真佛兒」宜從。
「這個自然的。如今有客來。都是這鳳姑娘周旋
接待」咸本無「的」字。「如今」句。作「如今太太事多心
煩。有客來了。略可推的也就推過去了」宜從。
「自己方便。與人方便。不過用我一句話兒。那裏
費了我什麼事。說著。便喚小丫頭來。到側廳上。
悄悄的打聽」咸本「自己」句在「與人」句下。「用我」下。
有「說」字。「兒」作「罷了」。「那裏」句作「害著我什麼」「側」作

倒」。「打聽」作「打聽打聽」宜從。

就這一件。待下人未免嚴了些。」底本「這」作「只」。「嚴上有」字。宜從。

「平兒聽了便作了個主意。」底本無「個」字。極是。

「這是什麼東西。有甚用呢。正歎時。」底本「東西」作「愛物兒」。「甚用」非「無用」。「歎」下有「想」字。宜從。

「說劉老老只管坐著。」底本「說」作「命」。宜從。

「石青刻絲灰鼠披風。」底本「披風」作「皮褂」。

鳳姐說。「知道的呢。說你們棄厭我。你不肯常來。」戚本「你不肯」之「你」作「們」。屬上句。極是。

劉老老說。「我們家道艱難。走不起來了。這裏沒的給姑奶奶打嘴。」戚本「來了」作「來往」。極是。

「若有要緊的。你就帶進現辦。」戚本「現辦」作「來」。宜從。

「自來進逛呢。便罷。」戚本「自來」作「白來」。宜從。

「進來了一個十七八歲的少年。」戚本「七八」作八九」宜從。是年賈蓉十九歲。

「鳳姐道。遲了一日。昨兒已給了人了。」歲本遲了

句作說遲了。「已」下有「經」字。宜從。

「賈蓉笑道。只求開恩罷。」歲本「笑道」下有「那裏知

這個好呢。」宜增。

作夜裏的二十兩銀子還沒動呢。你不嫌少。且

先拿去了去用罷。那劉老老先聽見告艱苦。只當是

沒想頭了。又聽見給他二十兩銀子。和喜得眉開

眼笑道。我們也是知道艱難的。戚本「還沒」句作「我還沒使呢。「你」下有「們」字。「且先」上有「就」。「暫」又作「心聽這裏便突突的。後來聽見給他二十兩喜的渾身又發癢起來。直從。能寫出村嫗心理。真是才人妙筆。

「暫給這孩子作件冬衣罷。」戚本句下有「若不挐着。可真是怪我了。這錢雇了車子坐罷。」可增。「那蓉大爺才是他的姪兒呢。怎麼又跑出這樣姪兒來了。」戚本「他的」下有「正緊」。「樣」作「麼個」。宜從。
第七回「送宮花賈璉戲熙鳳。赴家宴寶玉會秦
鍾」。殘鈔本作「聽秘戲周家送宮花。逞酒興焦大
罵幼主」。宜從。「伏寧府之敗」。
「金釧兒和那一個才留頭的小女孩兒站在台
磯上頑」。殘鈔本「磯上」下有「晒日陽」。宜從。與下「所
晒日陽」語相應。
「只見薛寶釵。家常打扮。頭上只挽著髻兒」。來挽

髻。將散髮耶。真是鼓話。戚本「家常」二句。作「穿著家常衣服。頭上只插着釵兒」。宜從。

周瑞家說」。「此」該趁早請個大夫。認真醫治」。戚本「大夫」下。有「來」字。「認真」可作「好生開個方子。認真吃幾劑藥。一勢除了根纔是」。宜從。

「總不見一點兒效驗」。戚本句上有「憑你什麼名醫仙方」宜增。

「從胎裏帶來的一股熱毒」。戚本「股」作「服」。宜從。

「若吃丸藥。是不中用的。底本「丸」作「凡」。極是。

「異香異香氣的。底本句下有「不如是那裏弄來的」。可從。

「要春天開的白牡丹花蕊心十二兩。底本無「心」字。宜從。

「又要雨水這日的天落水十二錢。底本「天落」作「雨」。宜從。

「這藥本有名兒沒有呢。底本「本」作「而」。宜從。

「這是宮裏頭作的新鮮花樣兒堆紗花」十二支。咸本「花樣兒」作「樣法」。宜從。周瑞家的問他（金釧）道「那香菱小丫頭子，可就是時常說的臨上京時買的……」周瑞家的又問香菱「你幾歲投身到這裏。」又問「你父母今在何處。」殘抄本「時常說的」作「今年」，「你幾歲投身到這裏又問」十字。無。宜從。周家既知「上京時買」，則「投身」時必不問矣。

與「探春的丫環侍書。」戚本「侍書」作「待書」。全書同。
你「師父那禿歪剌那裏去了。」戚本「剌」作「拉」。宜從。
智「能道。不知道。」戚本「智能」下有「搖頭」。宜從。
只見「小丫頭豐兒。坐在鳳姐的房門檻子上。」果
爾。則房門不能關矣。戚本無「房」字。極是。
只見「奶子拍著大姐兒睡覺呢。」周瑞家的問奶
子「姐兒睡中覺也該請醒了。」拍著是未睡。與「請
醒」兩不合。殘鈔本「只見」句作「只見大姐兒正睡

覺呢。奶子在旁侍坐著」宜從。「你老人家倒會精著」戚本無「著」字。宜從。寶玉命丫頭問寶釵病。就說。纔從學裏回來。也著了些涼。」與下文對秦鍾說「現荒廢著」語不合。殘鈔本「纔從」只作「我這兩日」。宜從。與下文「病了幾天」相應。

「叫四個女人去就完了。又來問我」戚本作「只管打發四個女人去就完了。又當什麼正經事問你我宜從。」

「倒該過去走走才是。」戚本「倒該」作「便有事也該。」宜從。

「今日出城請老爺爺安去了」戚本只一「爺」字，寘

「秦氏笑道。今日可巧上回寶叔要見我兄弟。今兒也在這裏。」殘鈔本「今日可巧。」無。戚本「今兒」前作「今兒巧。來了。」宜從。

「比不得偺家的孩子們胡打亂摔跌慣了。」戚本

「階」下。有「們」字。「亂摔跌」作「溷摔的」。宜從。
「不像你這潑辣貨」「形像倒要被你笑話死了呢。」
戚本作「等見了你這破落户被人笑話呢。」宜從。
「鳳姐笑道。我不笑話就罷。竟叫快領去」。戚本「我
不叫」上。有「普天下的人」。「竟叫」。作「竟叫這小孩
子笑話我不成」。戚本「就罷」下。有「了」字。宜從。
「賈蓉道。他生得腼腆。」戚本「他生」上。有「不是這話。」
宜從。

「給他一個好嘴巴子。」戚本「給你」上有「看」字。甚是。

「鳳姐喜的先推寶玉笑道。」戚本「先推」作「手推」，宜從。

「舉止不浮。」戚本「不浮」作「不羣」，宜從。

「果然怨不得人人溺愛。」戚本「果然」上有「秦鍾心中亦自思道」。下有「這寶玉」，宜從。與「寶玉自然」兩相照應。

「那能與他交接。」戚本作「那能與他耳鬢交接」，宜

從○

秦氏說○「寶叔○你姪兒年小○倘或言語不防頭○」殘鈔本無「年小」二字○宜從寶玉與秦鍾同年○無大小之分

他雖然靦〔腼〕腆○卻性子左强○」戚本「左」作「倔」○宜從

「秦鍾因說業師於去歲辭館○家父年紀老了○」戚本「辭館」作「病故」○「老了」作「老邁」○宜從

寶玉說「我因上年業師回家去了○也現荒廢着○」

殘鈔本無「上年」二字。甚是。寳玉讀書。雖屬其文。照亦不應「荒廢」至此。

「因天黑了。尤氏說。派兩個小子送了這秦相公家去。」戚本「派」作「先派」。殘鈔本「家去。隨他的路遠。」均宜從。致與同秦鍾「鬧着二三十里」則「天黑」本能同「跋」去。」或者前次是哄騙寳玉之言。亦未可知。

「那個小子派不得」戚本作拔着這些小子們。那一個派不得。宜從。

「鳳」戚姐道」成日家說你太軟弱了。「戚本成日」上。有「我」字」宜增。

「何不遠遠的打發到莊子上去就完了。「戚本「何不」上。有「有」這樣」宜增。

「其大「丈」持賈珍不在家。「戚本句下有「即在家亦不好怎樣更可以恣意的洒落洒落」可增。

「那」其大爺裏有賈蓉在服。「戚本「有」作「把」。「在」上有「於」字」宜從。

「還不早些打發了没王法的東西。留在家裏。豈不是害親友知道。豈非笑話。咱們這樣的人家。連個規矩都没有。」戚本「没王」上有「這」字。「豈不」三句。作「豈不是禍害。倘或親友知道了。豈不笑話。」「規矩」上有「王法」。宜從。

「衆小廝見他說出来的話。有天没日的。」戚本作「衆小廝聽他說出這些没天日的話来。」宜從。

「便把他捆起来。」戚本句上有「也不顧别的。」宜從。

「寶玉在車上聽見。」因問鳳姐道。姐姐。你聽他說。爬灰是什麼。鳳姐連忙喝道。少胡說。那是醉漢嘴裏胡謅。你是什麼樣的人。不說不聽見。還倒細問。等我回了太太。仔細搥你。戚本「聽見」作「見」這般醉鬧。倒也有趣。「他說」下有「爬灰的爬灰。」「連忙喝道」作「連忙豎眉瞪目亂喝道。」「胡謅」作「胡溷浸。」「還倒」作「還要。」「等我」二句作等我回去回了老太太。仔細搥你不搥你。」直從

第八回「賈寶玉奇緣識金鎖薛寶釵巧合認通靈」。殘鈔本作「金玉良緣小鬟撮合飲食細故老嬤嘮叨。」可從

「又恐遇他父親更爲不安。」底本「又恐」作「再或可巧。」宜從。

「伺候他換衣服。見不換。」底本「見」下有「他」字。可增。

「扶起來打千兒請寶玉的安。」底本作「扶上來打千兒請安。」宜從。

「字法越發好了。」戚本作「字兒益發好了」。宜從。

薛姨媽說。「他在裏間不是。」戚本「不是」作「呢」。宜從。

寶玉「一」步進去。」戚本「一」下有「邁」字。宜增。

「頭上挽着漆黑油光的鬢兒。」戚本「鬢兒」作「髮兒」。宜從。

「寶玉亦湊了上去。」戚本無「上」字。甚是。

「瑩潤如五色酥。花紋纏護着。」戚本作「瑩潤如酥。五色紋纏護。」

正面乃通靈寶玉。莫失莫忘。仙壽永（恒）昌。反面乃一除邪祟。二療冤疾。三知禍福「等字。」戚本作令亦按圖畫於後。但其真體最小。方能從胎中小兒口中啣下。今若按其體畫。恐字跡過於微細。使觀者大費眼光。亦非暢事。故今只按其形式。無非略展放些規矩。使觀者便於燈下醉中可閱。今註明此故。方無胎中之兒口有多大。怎得啣此狼犺蠢物等語。謗余之誚。

通靈寶玉正面圖式

通

靈　莫失莫忘

寶　仙壽恒昌

玉

通靈寶玉反面圖式

一除邪祟

二療冤疾

吉舒祥祇　　三知禍福，

將那珠寶晶瑩黃金燦爛的瓔珞摘將出來。底

本「摘」將「作」樹」了。「宜從」。

「果」然一面有四個字，「底本「字」作「篆」字。「宜從」。

「正」面不離不棄四字。反面芳齡永繼四字。「底本

作「亦」畫形相。

圖式

不

芳

芳

蘺音離
不云不
弇桒

齡音齡
刚云永
靈繼

只聞一陣香氣。不如是何氣味。戚本作只聞一陣陣涼森森甜甜的幽香。竟不如是何香氣。宜從。的是冷香。我竟從未聞過這氣味。戚本無氣字。甚是。好好的衣服。燻的烟大氣。所寶玉道。既如此足什麼香」。戚本「個」下有「樣」字。「是」上有「這」字。宜從。「林黛玉已搖搖擺擺的來了」。戚本作「林黛玉已走了進來」。甚是。寶卿如何有此怪狀。「寶釵道。我不解這意」。殘鈔本「我不」句作「我倒不解這意思」。宜從。

「黛玉說。「也不至太冷落。也不至太冷落姐姐如何不解這意思」。戚本「不至」下均有「於」字。「如何」下有「反」字。宜增。

「地下婆子們說。下了這半日了。」戚本「半日了」作「十日雪珠兒。」宜從。

「寶玉笑說道。這個須要酒方好。」戚本「要酒」作「要酹」酒。」宜從。

「老奶說。」只圖討你的好兒。」戚本句下有「不管別人死活」宜增。

「寫字手打顫兒。」戚本「顫」作「戰」。

「虧你每日家雜家旁收的。」戚本「收」作「搜」宜從。

「五臟去換他。豈不受害。」殘缺本「五」上有「學」字。宜從。

「薛姨媽因道。你素日身子單弱。禁不得冷的。」戚本無「單」字。宜刪。

「爬爬兒的從家裏送個手爐來。」戚本「爬爬」作「巴巴」。無「的手爐」三字。與上句犯複。宜從。

「寶玉聽了此話。便心中大不悅。」戚本「悅」作「自在」。宜從。

「黛玉忙說。掃了大家的興」戚本「忙」說作「慌忙的說。」「掃」上有「罰」字宜從。

「那李嬤嬤也素知黛玉的因說道。林姐兒你不要助著他了。你倒勸勸他。戚本「那李」句作「那李模模便向黛玉笑道。「勸」作「勸勸」。宜從。

「黛玉冷笑道。我為什麼助他。我也不犯著勸他。你這嬤嬤。太小心了。往常老太太又給他酒吃」戚本「助他」作「助著他」。與上文應。「太小」上有「也」字。

「往常」作「素日」。直從。「真這林姐兒說出一句話來。比刀子還利害。」戚本「利害」作「尖」。直從。「真真這個顰丫頭的一張嘴。叫人恨又不是。喜歡又不是。」戚本無「真真」二字。「恨又」之「又」無。「歡」字無。直從。是北語。「沒有好的你吃。」戚本「你吃」上有「給」字。直增。「作了酸筍雞皮湯。寶玉痛喝了幾碗。又吃了半碗多碧粳粥。一時薛林二人也吃完了飯。又儼儼的吃了幾碗茶。戚本「雜皮（作鴻落）」「幾碗」作「兩碗」。「多」字。無。「又儼儼的」作「又進上茶來。大家吃了」。宜從。解酒清食只宜如此。寶玉非老饕也。

「那丫頭便將這大紅猩氈斗笠一抖。纔往寶玉頭上一合。」戚本「一抖」二字。「纔」字。均無。「一合」作「一過」。

「黛玉站在炕沿上道。過來。我與你戴罷。寶玉依近前來」戚本「過來」二句○作「囉唆什麽○過來○我瞧罷○「近」作「就」○宜從○「我瞧罷」即是「我與你戴」意明言之○索然無味矣○

「將笠沿掖在抹額上○將那一顆核桃大的絳絨簪纓扶起○」戚本「掖在」作「拽在」○「一顆」作「一朵」○宜從○

「叫我研了墨」戚本作「要我研了那些墨」○宜從○

「這會子還凍得手僵呢」戚本「僵」下有「冷」字○宜從○

寶玉說○「今兒我在那邊吃早飯有一碟兒豆腐

皮的包子我想着你爱吃。和珍大嫂子説了。只説我留着晚上吃。叫人送過來的。你可曾見麼。戚本「那邊」作「那府裏」。「嫂子」作「奶奶」。是對晴雯口吻。「曾見麼」作「吃了」。宜從。

「早起斟了一碗楓露茶。我説過那茶是三四次後出色的。這會子怎麼又斟上這個茶來」。戚本「斟」均作「沏」。「出色」上有「纔」字。宜從。

「那會子李奶奶來了。吃了去」。戚本「吃了去」作「他要嚐嚐。就給他吃了。宜從。「寶」玉聽了。將手中杯子。順手往地下一擲。「戚」本「杯」「子」作「茶」杯。順手上有「只」字。宜增「只」字有神。「不」過是我小時候吃過他幾日奶罷了。如今慣的比祖宗還大。戚本作「不」過是仗著我小時候吃過他幾日奶罷了。如今逞的比祖宗還大。戚又吃不著奶了。白白的養著祖宗似的。「宜」從焦大李奶同一遭遇。此富榮之所以敗也。

龍衣人
光閒得說字問在子有事。也還可不必起來。戚
本無「說字」二字。極是。
失手砸了鍾子。戚本「砸」作「軋」。宜從。
只覺口齒纏綿。眉眼愈加餳澁。戚本「纏綿」作「綿
纏」。「眉眼」作「眼皮」。宜從。
襲人摘下那通靈寶玉來。用手帕包好。塞在褥
子下。次日帶時便冰不著脖子。戚本「襲人」下。有
「伸手從他頭上」。「手帕」上。有「自己」。的「脖子」作「頸子」。

宜從○
彼時李奶奶等已進來了○聽見醉了○也就不敢
上前○午ㄏ本作却說那李奶奶○不過四十來歲○
因他會杯○成了酒癆咳嗽痰喘○曲背駝腰○那樣
兒竟像龍鍾老嫗○他又嘮三叨四○咻咻不已○之因
此上下人等○都不喜歡他○彼時他已進來了○聽
見寶玉醉了生氣○茜雪為他得了不是○也就不
敢上前○再討嫌○把宜從○李奶太老○得此解釋○似

尚說得過去。

「次日醒來。就有人回。那邊小蓉大爺帶了秦鍾來拜。」殘鈔本「次日」下。有「寶玉」戚本「秦鍾」作「秦相公」。甚是。家人口氣。理應如此。

「或一時寒熱不便」。戚本「寒熱」下。有「饑飽」。直從。

「他父親秦邦業」。戚本無「邦」字。下同。「秦業」「情孽」也。

「因去歲業師回南。在家溫習舊課。正要與賈親家商議。附在他家塾中去。」戚本「回南」作「亡故」下有「本」殺請高明之「士」「在家」上。有「只暫」「正要與」作「正」思要合。「附」在作「送」往。句下有「暫且不致荒廢」。宜從。

那邊都是一雙富貴眼睛。少了着不要出來。兒子的終身大事。說不得東併西湊恭恭敬敬的封了二十四兩贄見禮。帶了秦鐘到代儒家來拜見」戚本「那邊」作「那寒家」或上下。下「抄了」。可作贄見禮又須豐厚。一時又不能弄出。「兒子」上有「爲」字。「封了」

句下。甫殘鈔本有趕着新年。「帶了」上。戚本有「親身」宜從。深冬無入學之理。

第九回。「訓劣子李貴承申飭。嗔頑童茗烟鬧書房。」殘鈔本作「惹草粘花秦鍾入塾。憐香惜玉金榮爭風」宜從。

「原來寶玉急于要和秦鍾相遇。遂擇了後日一定上學。打發人送了信。」殘鈔本「遂擇」三句。作「過了新年。即擇了日期。打發人送信給秦鍾。說後日一早。請秦相公先到我這裏來。會齊了一同前去。宜從與下文秦鍾先來語相應。

「至日一早。寶玉起來時。襲人早已把書筆文物收拾停妥。坐在牀沿上發悶。見寶玉來。」戚本「至日」作「是日」。「起來時」作「未起」。「文物」下有「包好」「收拾」的。作「收」。什得停停妥妥。「牀沿」作「炕沿」。「見寶玉來」作「見寶玉醒來」。宜從。

「不念的時節。想著家。終別和他們一處頑鬧。」戚本「終」作「此」。「屬」上句。極是。

「這就是我的意思。你可時時體諒」戚本「你可」句。作「你可要體量著些。」「宜從」是襲人口吻。

「腳爐手爐也交出去的了。你可逼著他們」。戚本「手爐」下。有「的炭」二字。無「的」字。「他們」下。有「添」字。宜增。

「你們也可別悶死在這屋裏。長和林妹妹一處去頑。要才好」。戚本無「可」字。「頑」要作「頑笑」。殘鈔本林妹妹」作「林姑娘」宜從。「使有兩個老年老的。攙了寶玉出去。」戚本「攙了」句作「攙了寶玉的手。走出去了。」宜從。「什麼詩經古文。一概不用虛應故事。只是先把四書一齊講明背熟。」戚本「虛應故事」作「念」，「一齊」二字無。宜從。寶玉「待他們出來。便同走了。李貴等一面担衣服」戚本「同走」作「忙忙的去」。「担」作「撣」宜從。

「秦鐘早已來了。」戚本「早已來」作「秦鐘已早來等候了。」宜從。

「寶玉嘮叨了半日。方抽身去了。」戚本「抽身」作「撤身」宜從。以「撤」字寫「無事忙」。虧他想得出。

「原來這義學。也離家不遠。」戚本作「原來賈家之義學。離此不遠。不過一里之遙」宜從。

「凡族中為官者。皆有幫助銀兩。以為學中膏火之費」戚本作「凡族中有官爵之人。皆有供給銀兩。琪倚之多寡帮助為學中之費」宜從。
寶」玉終是個不能安分守理的人。」戚本一味的隨心
所敬。」戚本「守理」作「守己」宜從。
「先」是秦鍾不敢當。寶玉不從。」戚本作「先」是秦鍾
不肯。當不得寶玉不從。」宜從。語妙有神。
「又」見秦鍾腼腆。未語先紅。」戚本「先紅」作「面先紅。」
宜從。「紅」乃其「面」也。
背地裏你言我語。詬誶謠諑。佈滿書房內外。」戚

「本背地」上。有「都」字。詬誶謠諑作「淫污之謗」。宜從。

「誰想這學內的小學生」。戚本「前」作「就有好幾個」。宜從。

「雖係都有竊慕之意」。戚本無「係」字。宜刪。

「因此秦鐘趁此。和香憐弄眉擠眼。二人假出小恭」。戚本「弄眉」無「擠眼」。下有「使暗號」。「假」下有「作」字。宜從。

「先讓我抽個頭兒」。戚本「先」下有「得」字。宜從。

秦春二人急得飛紅的臉○戚本「的」作「了」○宜從○

你「幹」什麼了○「戚本幹」下有「住」「字」○宜從○與後下文應○

「只」聽春玉二人○不在薛墻前提攜了○「戚本」提「攜」下有「他」「字」○宜增○

「玉」愛偏又聽了○兩個人偏座坐咕咕唧唧的商起

○秦戚本「聽」了○作「聽見了」不○然「偏坐咕咕」作偏

着桌子咕咕○「咕」宜從○

「在後院裏親嘴摸屁股○兩個商議定了○一對兒

論長道短之言。」戚本作「在後院裏商議着。怎麼長短」甚是。力掃淫穢以歸簡潔。

「因此不知又有什麼小人詬誶謠詠之詞。賈珍想亦風聞得些口聲不好。」戚本「因此」句。作「不知又編出些淫污之詞。」「想」字。無「不好」作「不大好聽」直從。

「雖然虛名來上學亦不過虛掩耳（眼）目而已。」戚本「雖然虛」作「雖應」「眼目」作「耳目」。直從。

「因此族中人。誰般獨逆於他。他既和賈蓉最好。」戚本「誰般作」不般。無「於」字。「賈蓉」上。有「賈珍」。求上文而言。宜從。

「他們告訴了老薛。我們豈不傷和氣。」欲不管。戚本「我們。」無傷」下。有「了」字。欲「作」待要」直從。

「不給他個知道。下次越發狂縱了。」戚本「知道」作「利害。」「狂縱」作「難剔。」

「我們□□□。不與你□□相干。橫豎沒□□你的

參就罷了。「處本作我們的事。管你甚麼相干。」極是。極起

嚇的滿室中子弟都芒芒的痴望。「處本「都芒」句。作「都怔怔的癡看。宜從。

剛「轉出身來。聽得腦後颼的一聲。早見一方硯」瓦飛來。不知係何人打來。大卻打了賈藍賈菌的座上。這賈藍賈菌。亦係榮府近派的重孫。這賈菌少孤。其母疼愛非常。書房中與賈藍最好。

所以二人同座。戚本「剛轉」句作「尚未去時。」「硯瓦」作「瓦硯」。「並不」七句作「並不知係何人打來的。幸未打着。卻又打在旁人坐上。這坐上便是賈蘭賈菌。這賈菌又係榮府近派元孫。其母亦少寡獨守。這賈菌與賈蘭最好。」又「賈藍」「賈菌」戚本後文均作「賈蘭」「賈菌」。宜從。「既亦少寡」之「亦」字。知「賈藍」的是「賈蘭」之誤。而「賈菌」之「母婁氏」則至五十四回始出場。

「聽得」作「從」

「誰如賈菌年紀最雖小。志氣極大。極是淘氣不怕人的。」戚本「賈菌」作「賈菌」。「極是」句。作「極是個不怕人愛淘氣的。」宜從。

「偏打錯了。落在自己面前。」戚本作「偏沒打著。反落在他座上。」宜從。

「也便抓起硯磚來要飛。」戚本「硯磚」作「磚硯」。宜從下同。

宜從。

賈菌如何忍得。見按著硯磚。他便兩手抱書篋子來。照著這邊揕下來。終是身小力薄。卻揕不到。反揕至寶玉秦鐘案上」戚本「賈菌」句。作「賈菌如何忍得住。「挖」下有「起」字。「揕」均作「掄」。「卻揕」二句。作「卻掄到半道。至寶玉秦鐘案上」宜從。書本紙片筆硯等物」戚本「硯」作「墨」。宜從。「又把寶玉的一碗茶也」砸得碗碎茶流」戚本「砸」作「軋」。宜從。

「寶玉還有幾個名小廝」。戚本「幾個」作「三個」。宜從。

「墨雨遂拏起一根門閂」戚本「拏」作「掇」宜從。

「衆聲不一」戚本「聲」作「口」宜從。

「秦鍾的頭早撞在金榮板上」戚本「板上」作「板子上」宜從。

「守禮來告訴瑞大爺」戚本「守」作「捷」宜從。

李貴說賈瑞「素日你老人家到底有些不是，所以這些兄弟不聽」，戚本「不是」作「不正」宜刪，賈刪之。「慮」「不聽」上有「纔」字宜從。

還不快作主意」戚本作還不快些作個主意」宜從

秦鐘說○我是要回去的了○戚本作我是不在這裏念書的了」宜從

寶玉說○我必回明白衆人」戚本「明白」下有「了」字宜從

這金榮是那一房的親友戚本友作戚」宜從

「他是東街裏璜大奶奶的姪兒戚本街裏作衚

衕的。宜從。

「我只當是誰的親。……我就去問他。」戚本「親」下有「戚」字。「我就」句作「我就去問問他去」。宜從。

「倒還往火裏奔。」戚本作「反要邁火坑」。

「此時賈瑞也恐生鬧不清。」戚本「生」作「怕」，「不清」作「大了」。宜從。

「俗語云：忍得一時忿，終身無惱悶。」未知金榮從此不從。戚本作「俗語說得好：殺人不過頭點地。」

你既惹出事來。少不得下點氣兒。磕個頭就完」事了。金榮無奈。只得進前來。與秦鍾磕頭。與下回接榫。

第十回。金榮說。秦鍾不過是賈蓉的小舅子」戚本「不過」作「這奴才」宜從。

他」因仗著寶玉同他相好。就目中無人。既是這樣。就該行些正經事。也沒的說」戚本作「他因仗著寶玉和他和好。他就目中無人。他既是這樣。就該行些正經事。人也沒有說。」直從。是氣忿語。兩「他」字一「人」字。尚不可刪。胡氏說。「你又要管什麼閒事。」底本「管」作「爭」，「事」作「亂」。宜從。「那薛大爺一年。也帮了咱們七八十兩銀子。」錢鈔本「一年」上。有「不到」二字。宜從。薛蟠到京。至今不及一年。

金氏說道。「這秦鍾小子。」底本「小」下有「崽」字。宜從。

「再和秦鍾的姐姐說話，叫你評評這個理」，戚本「叫你」作「叫他」，宜從。

胡氏說：「倘或鬧出來，怎麼在這裏站得住」，戚本「出來」作「起來」，「這裏」作「那裏」，宜從。

金氏「坐了望寧府裏來，到了寧府，進了東角門，下了車」，戚本「坐了」作「就坐上」，「進了」「向」作「進寧門，到了東邊小角門前」，宜從。

尤氏說：「不知怎麼，經期有兩個多月沒來」，戚本

「不知怎麼作」「不知道他怎麼着」宜從。

「你竟養養罷」戚本「你竟」下有「好生」宜從。

「叫他好生靜養靜養」戚本作「叫他靜靜的養養」宜從。

「他要想什麼吃。只管到我這裏來取」戚本「來取」下。有「倘或我這裏無有。只管往璉二嬸子那裡要去」可惜。

「看見他姐姐身上不好。這些事也不當告訴他。

就愛了萬分委屈。也不該向他說。說戚本作「看見」姐姐身上不大爽快。就有事也不當告訴他。別說是這點子小事。就是你愛了一萬分的委屈也不該向他說纔是。宜從。

「那媳婦雖則見」了人。有說有笑的。他可心細。心又多。戚本「時」作「會行事兒」。「又」多作「又」重。宜從。

索性連早飯還沒吃。我纔到他那裏。安慰了他一會。戚本「還沒吃」作「也不吃」。我聽見了。「我纔」作尤」纔」宜從。

全氏「連提也不敢提好了。」戚本作「不但不能說。亦

且不敢提了」宜從。

國」轉恁為喜的。」戚本「國」作「反」宜從。

賈珍」問尤氏道。今日他來。有什麽說的。」戚本說

的」下有「事情麽。」宜增。與下「求事」語應。

更兼醫理精極。」戚本「極」作「明」宜從。

賈敬說。我不願意往你們那是非場中去。」戚本

去」作「鬧去」○宜從○

比」叫我無故受衆人的頭○還强百倍呢○倘或明日後日這兩天一家子要來○」戚本作「這」我比受衆人○的頭强百倍呢○倘或後日這兩家的要來○」宜從○「兩家者○救趙「兩家」也○

「倘或後日你又跟許多人來鬧我○」戚本「你」下有「來」字○是的○宜從○

如」此說了」後日我是再不敢去的了○」戚本「說了」

下。有「又說」無「再」字。「了」字。宜從。
「且」次叫來陞起。分付他預備兩日的筵席。尤氏因
叫了賈蓉來。分付來陞照例預備兩日的筵席。
要豐豐富富的。你再叫親自到西府裏請老太太。
大太太。二太太。和你璉二嫂子來逛逛。你父親
今日又聽見一個好大夫。戚本「尤氏因叫」二句。
無。殘鈔本「你再」下。有「叫」蓉先你璉二嫂子」作「他」璉
二嬸子。戚本「逛逛」下。有「正說著賈蓉上來請安。

尤氏便把上項的話○一一交代了○並「說」○宜從○

因為大爺在府上○既已如此說了○又不得不去○

你先代我回明大人就是了○大人的名帖著賫

不敢當○「戚本「因」下有「我們」○「府上」下○有「太爺」○「大人」

增作「太爺」○無「著」字○宜從○當面稱「大人」○對家人稱

「太爺」○是舊京慣例○

「來陞」聽畢○後去照例料理○「戚(殘缺)本「料理」下○有「賞」落

方到榮府走了一趟○宜從○

「非因馮大爺示知大人家第謙恭下士。」戚本無「第」字。可刪。

「到了內室。」戚本作「到了賈蓉居室。」宜從。

「那時太爺再定奪。」戚本「太爺」作「大爺」。宜從。是對賈蓉口吻。

賈蓉說。可治不可治。得以使家父母放心。」戚本「得以」作「以便使家父放心。」宜從。

「是家下媳婦們捧過迭迎枕來。」戚本「迎枕」作大甯枕」

「這先生方伸手按在右手脈上。調息了至數。凝神細診了半刻工夫。方換過左手。」戚本「至數」作「次數」。「細診了半刻」作「診了有半刻的」。「換過」上有「方」字。直從。

「賈蓉於是同先生到外邊屋院坑上坐下」。戚本「屋院」作「房裏」。直從。

「先生請茶。茶畢問道。」戚本「茶畢問道」作「於是陪先生吃茶。處問道。」宜從。

「則」小弟不敢聞命矣。「戚本「聞命矣」作「從」其教也。」宜從。

「就」用藥治起。只怕此時已全愈了。」戚本「治起」下。有「來」字。向下有「來」但斷無今日之患。」「只怕」作「而」且宜從。

「依我看起來。病到尚有三分治得。」戚本作實在

依我看來。這病尚有三分治得」宜從。

這如今明顯出一個水虧火旺的證候來。「底本火旺」作「木旺」。證上有虛字。宜從「上窩的是益氣養榮補脾和肝湯。人參、白朮。雲茯苓。大熟地。白歸身。全白芍。小川芎。黄蓍。香附米。醋浸柴胡。懷山藥。清阿膠。延胡索。炙甘草。引用建蓮子十粒去心。大棗二枚。」底本作「上窩的是益氣養榮和肝湯。人參二錢。白朮二錢。土炒雲苓三錢。熟地四錢。歸身二錢。酒炒白芍二錢。炒川芎一錢五分。黄芪三錢。香附末二錢。製醋柴胡八分。懷山藥二錢。炒真阿膠二錢。蛤粉炒。延胡索一錢五分。酒炒。炙甘草八分。引用建蓮子七粒。去心。紅棗二枚。」宜從。

「這病與性命終久有妨無妨」。戚本「終久」作「終究」。宜從。

第十一回。「慶壽辰寧府排家宴。見熙鳳賈瑞起淫心。」殘鈔本「見熙鳳」作「得奇遇」。宜從。用回中語。

正好與「慶壽辰」作對。
「稀奇的果品。擺了十六天。樁念」。咸本「稀奇」下有
「些」字。無「十」字。直從。
「我們」爺。算計本來請「太爺今日來家」。咸本「算計
本來」作「原算計」。直從。
「老太太原是老祖宗。我父親又是姪兒。這樣」
年紀日子。」咸本無「年紀」二字。直從。
鳳姐說。「五更天時候。……因叫我回太爺。……

這就是了。」戚本「天」下有「明」字。「太爺」作「大爺」。「這」作「若是這麼著」宜從。

「到了二十日以後，一日比一日覺懶了。又懶得吃東西。這將近有半個多月。」殘鈔本作「到了二十日以後，便覺得一日懶甚一日。連東西也懶得吃。這將近二十多天了」宜從。八月二十至九月十五不止半個月也。

「別的仍不見大愈」戚本「不見」下有「怎麼樣」宜從。

鳳姐說「今日這樣日子。再也不肯不支持著上來。尤氏道。你是初三日在這裏見他的。他强支持了半天。也是因你們娘兒兩個好的上頭。還戀戀的捨不得去。」戚本「這樣」下。有的字。「再也」上。有「他」字。「支持」均作「扎挣」。「强」上有「還」字。「還」作「他纔」。宜從。

鳳姐說。「倘或因這病上。有個長短。人生在世。有甚麼趣兒。」戚本作倘或就因這個病上怎麼樣了。人還活着有甚趣兒。直從。語極含蓄。意極淒楚。

寶蓉說太爺還說那陰騭文。叫他們急急的刻出來。即一萬張散人。殘鈔本還說上有他老人家自註的「張」作「部」。「散人」作「送人」。當從。跟上同。增「自註」則決不致尚屬「單張」也。

鳳姐道「你媳婦今日到底是怎麽」戚本「今日」作「的病」。「怎麽」下有「著」字。直從。

尤氏道：「太太們在這裏吃飯，還是在園子裏吃去？有小戲兒現在園子裏預備著呢。」王夫人向邢夫人道：「這裏很好。」戚本「吃飯」下，有「啊」字。「有小二句」，作「好小戲兒預備在園子裡呢」。「王夫人」向下，有「我們索性吃了飯再過去罷。也省好些事」。邢夫人道，無「這裏」二字，直從。

「被璉二叔並薔大爺都讓過去聽戲去了。」戚本「大爺」作「兄弟」，宜從。是賈蓉口吻。

「王夫人說。「我們都要去瞧瞧。倒怕嫌我們鬧的
慌」戚本「瞧瞧」作「睄睄他」。「嫌我們」。無直從。
「鳳姐說。快別起來。看頭暈。……怎麼幾日不見」
就瘦的這樣了。」戚本「看頭暈」作「看起摇了頭暈」
「樣子」作「麼着了」。直從。
寶玉「那眼淚不覺流下來了。鳳姐兒見了心中
十分難過。但恐病人見了這個樣子。反添心酸。
……因說寶玉。你忒婆婆媽媽的了。」戚本「不覺」

不知不覺的話。見了作難。病人見了下。有家人。因說寶玉見寶玉這個樣子。因說道。寶兄弟。宜從。況且年紀又不大。略病病就好。又同向秦氏道。你別胡思亂想。豈不是自家添病了麼。殘鈔本又因句。在況且上。況且二句。作你能多大年紀的時人。略病一病兒。就這們想那們想的。你別二句。作這不是自己到給自己添病麼。宜從。倒招得媳婦也心裏不好過。太太那裏又愴着

「你」底本無「過」字。「恰」作「勢」。宜從。
「尤氏打發人來了兩三遍」底本「來」作「請」。宜從。
「所以前日遇着這個好大夫」底本「遇着這」作「就」
有人薦了這。「大夫」下有「來」字。宜從。
「這那裏能好呢」底本「這」作「病」。宜從。
「若是不治。怕的是春天不好」底本「不好」下有「如
今纔是九月半。還有四五個月的工夫。什麼病治
不好呢」宜從。點醒時令。自不可少。

秦氏說「還求過來瞧瞧我呢。咱們娘兒們坐坐，多說幾句閒話兒」。戚本「還求」句，作「還求嬸子常過瞧瞧我」。「幾句閒」作「遺」。宜從。人之將死，其言也哀。

「鳳姐兒正看園中景致。一步步行來。正讚賞時。猛」動本作「鳳姐兒因為貪看園中景致，一面慢慢行走。一面讚賞。不覺一個人落了後。宜從。鳳姐有婆子媳婦等跟隨。賈瑞如何能上來調情。

「賈瑞說道。嫂子。連我也不認得了」戚本「得了」下。有「不是我是誰」可證。「不想就遇見嫂子」戚本「嫂子」下。有「也從這裏來」宜從。

「說著拿眼睛不住的覷看鳳姐兒是個聰明人。見他這個光景。如何不猜八九分呢。戚本「說著」的作一面說一面拿眼睛不住覷著鳳姐兒」「不猜」下。有「透」字。宜從。能寫出二人心理。

鳳姐說。「等閒了。再會罷。」戚「再會罷」作「偺們再說話兒罷。」宜從。

「寶瑞聽了這話。心中暗喜。因想道。再不想今日得此奇遇。」戚本「心中」至「對無了。」（那情景越發難看）戚本「心中」至四句。作「再不想到得這個奇遇。那神情光景越發不堪難看了。」宜從。

「鳳姐兒說道。你快去入席去罷。看他們拏住了。罰你的酒。」戚本無「了」字。「的」字。宜從。語極有神。

「鳳姐兒故意的把脚放遲了」戚本「了」下有「此二字」。宜從。「些」字下得有鬼。

「我們奶奶。奶奶見二奶奶不來」戚本「不來」上有「只是」。宜增。

「見寶玉和一羣丫頭小子們那裏頑呢」戚本無「小」字。「小」字宜刪。「丫頭小子」混雜一起。甯府人或有其事。若寶玉。則從未與具「小子」爲伍也。

「于是鳳姐兒至邢夫人娗夫人前告了狀」。戚本向下有「尤氏的母親前週全了一遍。仍同尤氏坐一桌上。吃酒聽戲」。直從。為「尤二姐妹」伏一筆。

「尤氏拏戲單來。讓鳳姐兒點戲。」戚本「尤氏」下有「叫」字。直增。

「點了一齣還魂。一齣彈詞。遞過戲單來。」戚本「來」作「去」。直從。

賈瑞猶不住拏眼看着鳳姐兒。戚本「不住」作「不時」「看」作「覷」宜從。

賈母說「若有個長短。豈不叫人疼死……過了明日。你再看看他去。」戚本「若有」句作「要是有些原故。」「豈不」作「可知」。「你再」句作「你（鳳姐）後日再去看看他」宜從。

「你回來告訴我。那孩子素日愛吃什麽。你也常叫人送些給他。」戚本「訴我」下有「我也喜歡喜歡」。「吃什麽」作「吃的」。「你也」句作「也常叫人做些。給他送過去」宜從。

如今現過了冬」戚本「了冬」作「冬至」宜從。

鳳姐說「這個就沒法兒了」戚本「這個」句作「這實在無法了」。

鳳姐兒聽了啞了一聲說道「這畜生合該作死」戚本「啞」作「哼」「作死」作「求死」宜從。

第十二回「王熙鳳毒設相思局　賈天祥正照風月鑑」殘鈔本「局」作「圈」宜從。對偶音韻叶。

用回中「設下圈套」語。

「鳳姐命請進來罷。賈瑞見請。心中暗喜」戚本作「鳳姐急命快請進來。賈瑞見往裏讓。心中喜出望外急忙進來」宜從。

「賈瑞笑道。別是路上。有人絆住了腳。捨不得回來了。鳳姐道。可知。男人家。見一個。愛一個。也是有的」戚本「別是」下。有「在」字。「捨不」句。作「不得來」。殘鈔本「可知」作「也」未可知。宜從。

鳳姐說。「放尊重些。別叫了頭們看見了」。戚本「看見」○作「看見笑話」宜從○賈瑞說○「若有　句話」○戚本「句」作「點」○宜從○鳳姐說○「兩邊門一關了○再沒別人來」○戚本無「了」字○「來」作「了」○宜從○「往賈母那邊去的門也倒鎖○只有向東的門未關」○戚本「倒」字在「鎖」字下○屬下句○宜從○是賈瑞心理○妙極○

忽聽閒的一聲○戚本「閒的」作「咯噔」○宜從○「閒的」是

開門。非關門也。

「此時要出去。也不能了。」戚本作「此時要求出去。也不能句。」宜從。

「一溜烟拖著肩跑出來。幸而天氣尚早。」戚本跑出來作「竟跑了。」「天氣」作「天色。」宜從。

「賈瑞也搭著一把汗。」戚本「搭」作「捻。」

「賈瑞先凍一夜。又遭了打。」戚本「先凍」作「直凍了。」

「又遭」句。作「今又遭了苦打。」宜從。

「只是左等不見人影。右等不沒聲心中害怕。不住猜疑道別是又來了。又凍一夜不成。戚本「只是」作「只是千轉」。右等也沒作「右等不見心中」二句作「心中自思道」又凍作「又凍我」。宜從「賈瑞便意定是鳳姐。」至「却是賈薔。」殘鈔本作「賈瑞便意定是鳳姐。不管皂白。餓虎似的。等那人剛到至面前。便如貓捕鼠的一般。抱住叫道。親嫂子。等死我了。說著。抱到屋裏炕上。那人只不作

聲。忽見燈光一閃。只見與舉著燈子照。（賈薔）道誰在屋
裏。只聽炕上那人笑了。賈瑞一看。却是賈蓉。」宜
從。刪去機語。極是。
「同身就要跑脫。」戚本無「脫」字。宜刪。
賈薔說璉二嬸子「說你調戲他。」他暫用了脫身
計。哄你在那邊等著。太太氣死過去。因此叫我
來拿你。快跟我去見太太去。」戚本「說你」下有「無
故」。「用了」下。有「個」字。「那邊」作「這邊」。「快跟」句。作「剛纔

你又認作他。沒昭說。快跟我去見太太。宜從。誰嗷你叫親嫂子。真是沒的說。賈瑞說。好姪兒。你只說沒有我。歲本有我作元我。宜從。

賈薔道。這也不妨。寫一張賭錢輸了外人帳目。自借頭家銀若干兩便罷。賈瑞道。這也容易。賈薔翻身出來。紙筆現成。殘動本便罷二字。無賈薔翻身二句。作只是沒有紙筆。賈薔道。這也容易。點上蠟台上的燭。將手中撚子丟在地下。只見桌上紙筆現成。」宜從真是夢中提醒。

「寶薔收起來。然後解勸寶蓉。」戚本「解勸」作「撕還」。直從。

「若這一走。倘或遇見了人。連我也不好。等我先去探探。」戚本「走」作「條路。」「不好」作「完了。」「探探」作「睄探了。」直從。

「拉著寶端。仍息了燈。」戚本作「吹滅了燭。拉著

「賈瑞」宜從。與「前」「點燭」「應」。

「這個窩兒好。八蹲着別哼一聲。等我來再起」底

本「只算上有。「跡」字。「再走」作「再動」宜從。哼同不可。

「我」下有「們」字。

「雁」亦不動能。靜候本擇亭圍悉極。

只得蹲在那台階下正要盤算」底本作「只得蹲

在那裏。心下正盤算。宜從。

「三步兩步。從後門跑到家裏」底本「三步」作「三腳」

宜從。

因此發一回恨。再想想鳳姐的模樣兒標緻。又恨不得一時摟在懷裏。胡思亂想。一夜不曾合眼。戚殘鈔本作「因此發了一回恨。再想一想那鳳姐的模樣兒。一夜竟不曾合眼」直從。「自此雖想鳳姐。只不敢往榮府去了。」戚本「雖」作「滿心」。直從。「他」二十歲來歲人。尚未娶過親。……（三）迅因此三五下裏夾攻。不覺就得了一病」。殘鈔本以中間三句夾有穢語。刪去。甚是。

鳳姐「只將些渣末湊了幾錢」命人送去。「戚本渣末」下有「泥鬚」。宜從。

跛足道人「從搭褳中」取出正反面皆可照人的鏡。背上面鏨著風月寶鑑四字。「戚本取「出向」作取出一面鏡子來。兩面皆可照人」。「背上」作「鏡把上」。宜從。

「這物出自太虛玄境。殘鈔本「玄」作「幻」。宜從。

「只聽空中叫道○誰教你們照正面了○你們自己以做為真為何燒我此鏡○忽見那鏡從空中飛出○代儒出門看時○只見還是那個跛足道人○喊道○誰毀風月寶鑑○說著搶了鏡子○眼看著他飄然去了○」戚本「空中叫」作「鏡內哭」○「為何」三句○作「何苦來燒我○我正哭著○」「只見」句○作「只見那跛足道人○從外跑來○說著」上有「吾來救也」下有「直入中堂○」宜從○

「其餘族中人質當不同。或一二兩四四兩不等」戚本「或一」句作「或三兩。或五兩。不可勝數。」第十三回秦可卿死封龍禁尉。王熙鳳理喪甯國府。殘鈔本作「王熙鳳理喪甯國府。林如海捐館揚州城。移第十四回「賠兒回來」一段作此回末段。直從鳳姐平兒二人睡下屈指算行程。該到何處。不知不覺乙亥三鼓。殘鈔本「屈指」二句作「屈指計算。寶蟾等早到揚州。林姑爺的病症。未知究竟」若何」宜從。此時已時臘月初。不能」云計「算行程也」

一「日樂極生悲。」戚本作「一日倘或樂極悲生」宜從。

若可以常永保全了。」戚本「永保」作「保永」。宜從。

祭祀又可永繼。」戚本「永繼」作「永久」宜從。

萬不可忘了那盛筵不散的俗語。」戚本「不散」作必散」宜從。

只恐後悔無益了」戚本「只恐」上有「臨時」宜從。

鳳姐嚇一身冷汗。出了一回神。只得忙穿衣」戚本「嚇」作「聞聽嚇了」「忙」作「忙忙的」宜從。

襲人等都慌慌忙忙上來扶著」戚本作「襲人等俱慌忙上來摟扶」宜從。

彼時賈代儒代修……賈珩。賈琍。……賈藍賈菌。……等都來了」戚本「賈珩」上有「賈璜」「賈藍賈菌」

作「賈蘭。賈菌」宜從。賈瑞本來。正洗尿屎也。
「一面分付去請欽天監陰陽司來擇日。擇準停靈七七四十九日」。戚本無「擇日」二字。宜從。
「單請一百零八僧衆。在大廳上拜大悲懺。超度前亡後化鬼魂」。戚本「僧衆」作「衆禪僧」。「鬼魂」作「諸魂」。下有「以免亡者之罪」。宜從。
「且說賈珍恣意奢華」。戚本作「賈珍見父親不管。益發恣意奢華」。宜從。書此所以責賈敬也。

「原」係義忠親王老千歲要的。因他壞了事。就不
曾用。現在還封在店裏。也沒有人買得起。了你若
是要。就來看看。賈珍聽說甚喜。即命指「來」。感本
「用」作「穿」去。「買得起」作「出錢敢買」。「你若」四句。作「你
若要。就指來使罷。賈珍聽說。喜之不盡。即命人
指來。「宜從」千金買棺。」都中不其人。其「不敢買」都
則以「壞事」之「義王」物也。
以手扣之。聲如玉石。大家稱「奇」。感本「聲如」二句。

作「玎璫如金玉。大家都奇異稱贊」宜從。「即命解鋸造成。賈政因勸道。此物恐非常人可享。殮以上等杉木也罷了。賈珍如何肯聽」戚本「造成」作「槨漆也罷」二句作「也就是了。此時賈珍恨不能替秦氏之死。這話如何肯聽。」宜擬。奮筆直書其責賈珍深矣。「又有小丫環名寶珠的。因秦氏無出。乃願為義女。請任摔喪駕靈之任。賈珍甚喜」戚本「因秦」三句。作「因秦見秦氏身無所出。乃甘心願爲義女。誓任摔喪駕靈之任。賈珍喜之不盡。直從「都各遵舊制行事。自不得錯亂。」戚本「自不」句作「自然不得紊亂。」殘鈔本移後「只是賈珍雖然心滿意足」至卷末一段。在「自然」句下。直從「只是賈珍雖然心滿意足。但裏面尤氏。又犯了舊疾。不能料理事務。」殘鈔本「只是」二句作「只是賈珍此時。因裏面尤氏。」「事務」作「喪禮」。直從。

寶玉說
「事事都算妥帖了。」「殘鈔本」「事事」作「大致」。宜從。尚
有「龍禁尉」未辦。不能云「事事」。
「我薦一個人與他（你）權理這一個月的事。」「殘鈔本
「權理」句。作「權理這裏面的事」。宜從。自初喪至出
殯。不止一個月也。
「賈珍聽了。喜不自勝。笑道。果然妥帖。」戚本「笑道」
上。有「連忙起身」。宜從。
「可巧這日非正經日期。親友來的少。」殘鈔本作

可巧這時親友不多。宜從

「唬的衆婆娘呀的一聲往後藏之不迭」戚本「呀的」作「忽的」。宜從。

因拄拐跛了進來。邢夫人等因說道。你身上不好。又連日事多。戚本「跛了」作「踱了」。殘鈔本「又連日」作「事情又多」。宜從。

「賈珍一面拄拐硬撑著」戚本作「賈珍一面扶拐扎掙著」。宜從。

「命人拿椅子來與他坐。賈珍不肯坐。」戚本「拿」作「挪」。「不肯」上有「斷」字。宜從。

「姪兒媳婦又病倒。」戚本「又」上有「偏」字。宜從。

「要屈尊大妹妹一個月在這裏料理料理。」殘鈔本無「一個月」三字。甚是。

「王夫人忙道。他一個小孩子。何曾經過這些事。」戚本「小孩子」作「小小孩子家」。宜從。是年輕之意。

「從小兒大妹妹頑笑時。就有殺伐決斷。如今出了閣。在那府裏辦事。」戚本「殺戕」作「殺抹」。「左」作「又」在。宜從。

「我想」不看了這幾日。」殘鈔本作「我想了一想」。宜從。

不看姪兒與好兒媳婦的面上。只看死的分上罷。」戚本「面」上」作「分」上。「死」的」作「死」了的」。宜從。

「說」著流下淚來。」戚本「流」作「滚」。宜從。

「怕」他料理不清。被人見笑。今見賈珍苦苦的說。」

戚本作「怕」他料理不清。惹了恥笑。今見賈珍苦若的說到這步田地。宜從總爲賈珍過「分力寫」。那鳳姐素日最喜攬事。好賣弄能幹。戚本「攬事」下。有「辦」字。「能幹」作「才幹」。下有「雖然當家妥當」也因未辦過婚喪大事。恐還不知。巴不得遇見這事。宜從。鳳姐心事。亦寫得出。「今見賈珍如此央他。心中早已允了。又見王夫人有活動之意。便向王夫人道。大哥哥說得如此懇切。太太就依了罷。」戚本「如此」作「這麽」。下

。同「允」了作「歡喜」。「又見」作「先見王夫人不允」。後見「賈珍說時情真」宜從

「鳳姐道。有什麼不能算外面的大事……便是我有不知的……便不出聲」戚本「算」作「的」。「戚」上句「知的」作「知道」。「出聲」作「作聲」。宜從

「要好看為上」。戚本「要」上有「只」字，宜從

「賈珍聽說。也罷也罷」。戚本作「賈珍聽說，只得罷了」。宜從。

「有臉的不能服鈐束。」戚本作「有臉的不服約束。」宜從。

「不知鳳姐如何處治。且聽下回分解。」殘鈔本作「鳳姐正思處治之法」句下移十四回「正鬧著人來回蘇州去的昭兒來」一段。據作此回末段宜從。

「正鬧著。人來回蘇州去的昭兒來了。」殘鈔本作「人回昭兒自蘇州去了。」宜從。

「鳳姐便問回來做什麼的。昭兒道。二爺打發回來的。殘鈔本作「鳳姐忙問林姑老爺病到底怎麼樣。昭兒道。」宜從。如此詢問。方合情理。

「大約趕年底就回來。殘鈔本作「年底趕不回來。」直從。

「待要同去。奈事未了畢。」戚本「奈事」句作「爭奈事情繁。一時去了。恐有些失誤。惹人笑話。」宜從。

趕忙完了。天已四更。睡下不覺早又天明。忙梳洗過甯府來」戚本「忙（趕）」二句。作「趕說完了。天已四更將盡」殘鈔本「睡下」上。有「纔」字。「忙梳」句下。有「後事如何。且聽下回分解」宜從。

第十四回「林如海捐館揚州城。賈寶玉路謁北靜王」。殘鈔本上句作「秦可卿死授五花誥」。移十三回「捐龍禁尉」一段。作此回首段。宜從。

「賈珍因想道。賈蓉不過是黌門監。靈旛上寫時不好看」。殘鈔本「賈珍」句。作「卻說賈珍想態想到」

「靈旛」。下有「經榜」。「寫時」作「寫著」。宜從。又此三句至「亦不及繁記」一段。從十三回中。移作此回首段。接原有回首「話說寧國府」云云。

「賈珍忙接待讓坐至逗蜂軒獻茶」。戚本「接待」作「接著」。無「坐」字。宜從。

「缺了兩員」。戚本「缺」作「短」。宜從。是北語。

「賈珍忙命人寫了一張紅紙履歷來。戴權看了」。戚本作「賈珍聽說。忙吩咐快命書房裏人。恭敬寫了大爺的履歷來。小廝不敢怠慢。去了一刻。便拏了一張紅紙來與賈珍。賈珍看了。忙送與戴權。戴權看時。」宜從。履歷直交戴權。必無此理也。

「江南應天府江寧縣監生賈蓉。……祖丙辰科進士賈敬。」威本「應天」作「江寧」。殘鈔本「丙辰」作「戊辰」。宜從。是年庚戌。距戊辰四十三年。若丙辰則五十五年。與賈敬年歲不合。

「戴權告辭。賈珍款留不住。」戚本作「戴權也就告辭了。賈珍十分款留不住。」宜從。

「不如拜準一千兩銀子送到我家就完了。」戚本「拜準一千」作「平準一千二百。」宜從。較戚老三已便宜三百兩矣。

「王夫人邢夫人鳳姐等剛迎入上房。」戚本「王夫人」上有「那」字。宜從。

「賈珍接上大廳。」戚本「賈珍」作「賈政等忙」宜從。

「一對對執事擺的刀斬斧截」戚本「斧截」作「斧齊」。宜從。

「神威遠振」戚本「遠振」作「遠鎮」宜從。

「話說寧國府中都總管來陞聞知裏面委請了鳳姐」殘鈔本「話說」作「且說」，「委請」作「邀請」。宜從。又此二句至「彩明查冊與寶玉看」一段。（「使」有堂客來往也不迎送）上接十三回末「不及繁記」下接「那賈珍因見發引日近」（「按名查點各項人數」）云云。

「須要小心伺候。」戚本作「我們須要比往日小心些。」直從。

「寧可辛苦這一個月。」程甲本「一個月」作「一件事。」宜從。

「只見來旺媳婦拿了對牌來。領呈文經榜紙劄。票上開著數目。眾人連忙讓坐倒茶。一面命人按數取紙來旺抱著。同來旺媳婦一路來。至儀門。方交與來旺媳婦。自己抱進去了。」戚本「領」作領取。「開着」作「批着」。「取紙來」下。無「旺」字。「一路來」作「一路行來。門」下有「口」字。宜從。

「鳳姐即命彩定造冊簿」。戚本「定」作「訂」。宜從。

「也不管別事」。戚本作「別的事也不用他們管」。宜從。與上文應。

「也不管別事」。戚本作「別的事也不與他們相干」。宜從。

「四人分賠」。戚本作「便叫他四個人賠」。宜從。

也是分賠。戚本作也是他四個人賠。宜從。

就問這看守之人賠補。戚本作就和守這處的人算賬賠補。宜從。

不比先前紊亂無頭緒。一切偷安竊取等弊。戚本作不比先前一個正擺茶。又去端飯。正陪舉哀。又顧接客。如這些無頭緒。荒亂推託。偷閑竊取等弊。直從。紊亂情形。偏寫得出。

鳳姐自己威重令行。戚本自己上有見字。直增。

「鳳姐不畏勤勞。天天按時刻。過來點卯理事。」戚本「鳳姐」。上有「那」字。「按時刻」作「於卯正二刻。過來」上。有「就」字。直從」「按名查點。各項人數」。殘鈔本「按名」上。有「及主次日。「鳳姐按時到甯府來」。直從」。又「按名」二句至「不敢偷安。不在話下」一段。上樓前面「便有春客來往也不迎送」。下樓前面「這日乃五七正五日」云云。

「那人」惺忪鳳姐冷笑道○了原來是你誤了○你比他」們有體面○所以不聽我的話」底本「惺忪」作「已慌張惶」原來句作「我說是誰誤了○原來是你」○

「所」以下有「纔」字○直從「已」字「纔」字寫來有聲有色○力透紙背○

「只」有今兒來遲了一步○求奶奶饒過初次○」底本「今」兒」下有「醒了○覺得早些○因又睡迷了○」「初次」作「這」次○」宜從○

「王興媳婦來」下有「了」字。宜增。
「王興媳婦近前說」戚本「近前說」作「近」不得先問他完了事。連忙進去說」宜從。
「每根用珠兒線若干斤」戚本「每根」無，宜刪。
「這個開銷錯了」戚本「個」作「兩件」宜從。
「待王興交過。這項買辦的回回押相符」戚本「交過」下。有「牌」字。「這項」作「得了」。宜從。
「頭兒他也來遲了。後兒我也來遲了」戚本「來遲均作「睡」迷。「宜從」。
登時放放下了臉。命帶出去打二十板子。眾人見
鳳姐動怒。不敢怠慢。拉出去照數打了。進來回
覆。鳳姐又擲下寧府對牌。說與來陞革他一月
銀米。分付散了罷。眾人方各自辦事去了。那時
被打之人。亦含羞飲泣而去。彼時榮寧兩府領
牌交牌人。往來不絕。鳳姐又一一開發了。《識本
作登時放下臉來。喝命帶出打二十板子一面

殘鈔本「眉豎」作「揄眉豎眼」，「出去拖人」作「忙去拖人」，直從「又後日的」作「後日再有誤的」，亦宜從

又擲下寧國府對牌出去。說與來陞革他一月銀米。衆人聽說。又見鳳姐眉豎。知是惱了。不敢怠慢。拖人的出去拖人。執牌傳諭的忙去傳諭。那人身不由己。已拖出去挨了二十大板。還要進來叩謝。鳳姐道。明日再有誤的。打四十。後日的六十。要挨打的。只管誤。說著。吩咐散了罷。窗外衆人聽說。方各自執事去了。彼時寧國榮國兩處執事。領牌交牌的。人來人往不絕。那抱愧

被打之人。含羞去了。宜從。寫權戚有聲有色。活躍紙上。

「這日乃五七正五日上」殘鈔本此句至「自入花廈日內來」一段。上接後面「不敢偷去不在話下」下接後面「如今且說寶玉」云云。宜從。

「那應佛僧」戚本「佛」作「福」。

「又有十二衆青年尼僧」戚本「十二」作「十四三」。「青年」和。無。

「鳳姐知道今日客來不少。寅正便起來梳洗」。本底本「知道」作「心知」。「寅正」句作「在家中歇宿一夜。至寅正平兒便請起來梳洗」宜從。

「吃了兩口奶子。」底本「奶子」下有「糖粳米粥」宜從。不能僅「吃奶子」也。

「前面一對明角燈。上寫榮國府三個大字。來至寧國府」「前面」下有「打了。」「來至」上有「歇歇」。宜從。是「明角燈」也。

「西邊一色矗燈○」咸本矗作戳○」
「西旁媳婦執著手把燈照著○簇擁鳳姐進來○」咸
本照「著」作兒○」「簇擁」下○有「著」字宜從○
「一見棺木○」咸本作「一見了棺材○宜從○
「于是裏外上下男女○都接聲號哭○」咸本上」下男
女」作「男女上下○」都」接」句○作「見鳳姐出聲○都忙忙
接聲嚎哭○」宜從○寫出鳳姐威重令行○眾人畏懼
之心○

一」時賈政尤氏○令人勸止鳳姐方上住○「戚本作
一」時賈政尤氏○遣人來勸○鳳姐方才止住○直從」○
目」入花廈來○「殘鈔本向下有「理」了幾件事務○正
當傳飯時候○忽見寶玉和秦鍾進來○「宜增○
如」今且說寶玉○因見人衆○恐秦鍾受了委屈○直
同他往鳳姐處坐坐○鳳姐正吃飯○「殘鈔本「如」今
作」原來寶玉○「因見四句○作「因見今日人衆○恐秦
鍾受了委屈○因私與他商議要同他往「鳳姐處

來坐。秦鍾道。他的事多。況且不喜人去。偺們去了。他豈不煩膩。寶玉道。他是好膩我們。不相和只管跟我來。說著。便拉了秦鍾直至花。廈鳳姐纔吃飯。宜從又幾抄本如今五句至彩明查冊子與寶玉看了」一段。上接前面自入抱廈來」下接後面。那賈珍因見發引日近云云。「同那些渾人吃什麼。原是那邊。我還同老太太吃了來的」。本同那」上。有「這邊。我還」作「我們兩個」宜從。

「為支取香燈」戚本「燈」下有「事」字。宜增。

「我算著。你今兒該來支取。想是忘了。要終久忘了。自然是你包出來」戚本「你」下有「們」字。下同。「想是」二句。作「總不見來。想是忘了。這會子到底來取要忘了。」宜從。

「倘別人私造一個。支了銀子去怎樣」戚本「倘」作「倘或」。「造」作「弄」。「去」作「跑了」。宜從。

「你們多早晚才念夜趂書呢。」戚本作「你們這夜書。」多早晚纔念呢，宜從。

「寶玉道：你也不中用，他們該做到那裏的時候。自然有了。」戚本「你」下有「要快」。「時候」。無。「自然」下有「就」字。宜從。

「寶玉聽說，便挨到鳳姐身上。」戚本「挨」作「搽」。宜從。非寶兄弟不敢如此。

「鳳姐道：我這的身上作痛。」戚本「作痛」作「生疼」。宜從。

「今」先繞領了稜紙糊去了。「戚本『紙』在『稜』字上，直從。

鳳姐便叫彩明查冊子與寶玉看了。「殘鈔本『了』作「寶玉方笑著和秦鐘別處去了。」宜從。

「那」寶珍因見發引日近，親自坐車。「殘鈔本『那』作「這」日。」宜從。又此句上接「彩明查冊子與寶玉看了」，為此回末段。

「鳳姐見日期有限。」戚本「鳳姐」上。有「裏面」。直増。「又有胞兄王仁連家眷回南一面寫家信稟叩父母竝帶往之之物。」殘鈔本「一面」。作「料理帶同土儀禮物」。宜從。「鳳姐父母。」除此外無一字道及。第六回敍「王成連宗事。」有「那時只有王夫人大兄鳳姐之父」語。玩「那時」字義。必係亡故也。

「因此忙得鳳姐茶飯無心。坐臥不寧。」戚本作「因此忙的鳳姐茶飯也沒工夫吃得。」殘鈔「吃得」上有「好」生宜增遣坐臥不得清淨。「宜從」是事忙。非有病也。

「剛」到了甯府。榮府的人跟著。既因到榮府甯府的人又跟著。鳳姐雖然如此之忙。只因素性好勝。惟恐落人褒貶。故費盡精神。籌畫得十分整齊。「戚本作」若到了榮府。甯府的人。又跟到榮府。既因到甯府。榮府的人。又找到甯府。鳳姐如此。心中到十分歡喜。並不偷安推托。恐落人褒貶。

因此日夜不暇。壽畫得十分明瑩齋」宜從。

「與親朋壽伴宿」戚本「壽作「堂客」宜從。

「俱不及鳳姐舉止大雅言語典則」戚本「大雅作

「舒徐「典則」作「慷慨」宜從。下。

「至天明吉時」戚本「吉時有「已到」宜增

「前面銘旌上大書誥封一等寧國公冢孫婦」戚

本「大書」下。有「奉天洪建兆年不易之朝」。

「一應執事陳設。皆係現趕新做出來的。一色光」

彩耀奪目。戚本一應上有「那」字。「現提」下有「着」字。「光

彩」作「光艷」。直從。

引喪駕靈。戚本「引」作「捭」。直從。

世襲二等男兼京營游擊謝鯤。戚本「謝鯤」作「謝

鯨」。

現今北靜王世榮。戚本「世榮」作「水溶」。（下同）直從。北方

屬水。

軍民人眾。不得喧嘩。戚本「喧嘩」作「往還」。直從。

「早有甯府門路傳事人等。報知賈珍」戚本「人等」作「看見」。「報知」作「連忙回去報與賈珍」。直從。

「賈珍道。犬婦之喪。」戚本「犬」婦作「大」婦。宜從。與前「犬」小犬」相應。

「賈赦等一旁還禮」。戚本作「賈赦等在旁還禮畢」。直從。

「那一位銜玉而誕的。久欲得一見為快。今日一定在此。何不請來。」戚本「足歎」作「那一位」玉釘是卿藿而誕者。幾次要見一見。卻爲俗冗所阻。想今日是來的。何不請來一會。」宜從。

「命寶玉更衣」戚本作「急命寶玉脫去孝服」宜從。

「那寶玉素聞世榮是個賢王。」戚本作「那寶玉日素天日就曾聽得父兄親友人等說閒話讚水路是個賢王」宜從。

第十五回「王鳳姐弄權鐵檻寺。秦鯨卿夭逝黃饅頭庵」。「弄權」在「饅頭菴」非「鐵檻寺」也。殘鈔本作「王鳳姐瞞天修書信。秦鯨卿黑地押雛「尼」。宜從。

「穿著江牙海水五爪龍白蟒袍」，戚本「龍」上有「坐」字。

「繫著碧玉紅鞓帶」，戚本「鞓帶」作「提帶」。

「一面極口稱奇，一面理順絲縧」，戚本「稱奇」下，有「道異」。「理順」作「理理好」，宜從。

「賴藩郡餘禎」。果如所言，戚本作「賴藩郡提攜」。果如是言，宜從。

「此條璧上所賜蕶苓香念珠一串」。戚本作「此即前日璧上親賜鶺苓香念珠一串」。宜從。

「碌碌你我塵寰中人也」。戚本「碌碌」上有「非」字。宜增。

「豈可越仙輪而進也」。戚本「仙輪」作「仙輸」。宜從。

「鳳姐因記罣著寶玉。怕他在鄉外縱性。不服家人的話。賈政管不著。惟恐有閃失」。戚本「縱性」下有「逞强」。「不著」下有「言」。「這些小事。」「有閃失」作「有個閃矣。下有「雖見貫母」宜從。

別學他們猴在馬上。下來。偺們姐兒兩個坐同車。

豈不好麼。寶玉聽說。便下了馬。爬上鳳姐車內。

戚本「同車」作「坐車」。無「麼」字。「便」作「也」。「爬上」作「爬

入鳳姐車上」。宜從。「坐車」即「同車」。何必說明。

只見那邊兩騎馬。直奔鳳姐車下馬。戚本作「只

見從那邊兩騎馬壓地飛來。離鳳姐車不遠。一

齊蹴下來。宜從。畫馬神筆。

「小廝帶著籮馬。擠入人羣。往北而去」戚本作「衆
小廝聽了。一帶籮馬。出人羣。往北飛走。宜從
」宜出人羣」是往「下處去。若「擠入人羣。則誤爲報
信者之轉回矣。大謬。
「秦鍾遠看。這寶玉所騎的馬。搭著鞍籠。随著鳳
姐的車。往北而去。便知寶玉同鳳姐一車。」戚本
也帶馬提出。來」戚
作「秦鍾看時。只見本作「秦鍾看時。只見鳳姐兒
的車。往北而去。後面拉著寶玉的馬。搭著鞍籠。

便知寶玉同鳳姐坐車，自己也便帶馬趕上來」。宜從。遠眺者所見，必先高而後低。略為倒置，便不合理。

「因入一莊門內」，戚本句下有「早有家人將眾莊漢攆盡」。宜增。

「婦女無處迴避」，戚本作「婆娘們無法處迴避，只得由他們去了」。宜從。

「寶玉會意，因同秦鍾」，戚本「秦鍾」下有「出來」。宜增。

「寶玉見了。都以爲奇。」戚本「見了」下。有「鍬鈑鋤犁等物。」宜刪。

「只見炕上有個紡車。越發以爲稀奇。小廝們又告以紡紗織布之用。寶玉便上炕搖轉作耍。」戚本「越發」三句。作「寶玉又問小廝們。這又是什麼。小廝們又告訴他了原委。寶玉聽說。便上來擰轉作耍。自爲有趣。」宜從。

「寶玉也住了手。說道。我因不曾見個。所以試一試禎兒。戚本作「寶玉忙丢開手陪笑說道。我因為沒見過這個。所以試他一試」宜從。「那丫頭說你們不會。我轉給你瞧」戚本「你們」二句。作「你們那裏會弄這個。站開了。我紡與你瞧」宜從。「丫頭真活潑」有意趣。「寶玉推他道。再胡說。我就打了」戚本「寶玉」句。作「寶玉一把推開。笑道。該死的」宜從。「忽聽那邊老婆子叫道二丫頭。快過來」戚本「忽聽」上。有「寶玉正要說話」宜從。「鳳姐說了我。換了衣服問他換不換」戚本「換了」三句。作「換衣服料友。問他們換不換」宜從。是北方鄉村。

「僕婦們端上茶食果品來。又倒上香茶來。」殘鈔本作「僕婦們早將帶着行路的茶具取出來。一紅泥小火爐子上煨的泉水也滾了。沏了茶。又端上十錦屜盒內各樣小食」宜從。是富貴人家出門所必者。

那莊婦人等來謝賞，寶玉留心看時，並不見紡紗之女。戚本寶玉二句作鳳姐並不在意，寶玉却留心看時，內中並無二丫頭。一時上了車出來，宜從。方與下句走不多遠相接。

却見這二丫頭懷裏抱了個小孩子，想是他的兄弟。戚本作只見迎頭二丫頭懷抱着他小兄弟，宜從。迎頭妙。是他小兄弟尤妙。

「寶玉情不自禁。然身在車上。只得以目相送。一時霎捲風馳。回頭已無蹤跡了。說笑間早已趕上大殯。戚本作「寶玉恨不得下車跟了他去。料是眾人不依的。少不得以目相送。爭奈車輕馬快。一時轉眼無踪。走不多時。仍又跟上大殯了。」宜從。惟寶玉有此癡想。二丫頭行一知己矣。「鐵檻寺中僧衆。已列路旁。」殘鈔本作「鐵檻寺伴侍色空。領着接靈僧衆。齊列路旁。」宜從。

「一一謝過之後○公侯伯子男○一起一起的○散至未刻●一方散盡了了」威本作「一一謝過之○從公侯伯、子男○一起一起的散去○至未末時○方才散盡了○」宜從○

「先從誥命散起○直到晌午○方散完了」威本「直到」二句○作「也」到晌午大錯時○方散盡了○」宜從○

「只有幾個近親本族○等做過三日道場後方去○」威本「只有」句○作「只有幾個親戚○是最近的○得道場

上。有「安靈」宜「從」。

「現」今還有香大地畝。以備京中老少人口。在此停靈。戚本「地畝」下。有「佛施」。「以備」二句。作「以備族中老了人口。在此便宜寄放。」宜從。

「有」那家艱艱安分的。戚本「家」下有「業」字。宜增。

「只命」秦鍾。等待安靈罷。秦鍾只跟著鳳姐寶玉。戚本「罷」下有「了」字。「只」上有「便」字。宜增。

「鳳姐」等淨室。更衣洗手畢。戚本「等」作「別」。「洗手」作

「淨手」宜從。

「秦鍾只得說道」能兒倒碗茶來」戚本「茶來」下有「給我」直增。與下「給我」語應。

「智能走去倒了茶來」戚本作「今智能見了秦鍾。心眼俱開。走去倒了茶來」宜從。是加倍寫法。

「他兩個那裏要吃甚東西。略坐一坐」戚本、作「他兩個那裏吃這東西。坐一坐。」宜從。

「我有一事」戚本作「我正有一事」宜增。

「那家急。了」戚本作「那張家急了」宜增。「智能急得跺腳說做什麼就要叫喊」戚本「做什麼」二句作「這算什麼再這麼我就叫嚷」宜從「離了這些人纔好呢」戚本「好呢」作「依你」宜從「只是遠水救不得近火」戚本「火」作「渴」宜從「步不得依了」戚本「依」下有「他」字宜增「他二人嚇得魂飛魄散。到是那人嗤的一聲笑了。方知是寶玉。」戚本作「他二人不知是。誰唬的

不敢動一動○只聽那人嗤的一聲○掌不住笑了○
二人聽聲○知「是寶玉○」宜從○寶哥真是惡作劇○
「羞得智能趁暗中跑了○」戚本「暗中」作「黑地○」宜從○
「你要在這裏睡○少不得越發辛苦了○明日是一定走的了○」戚本作「你要住○少不得辛性辛苦一日罷了○明兒可是定要走的了○」宜從○
「這些小事○」戚本「這[illegible]一點小事○」宜從○
「只得含恨而別○」戚本「恨」作「情」○宜從○

第十六回。「誰知愛勢貪財之父母。」戚本作「誰知那張家父母。如此畏勢貪財。」宜從。

「他便一條汗巾悄悄的尋了個自盡。」戚本作「他便一條麻繩。悄悄的自縊了。」宜從。與下「自縊」語應。

鳳姐「以後所作所為。諸如此類。不可勝數。」戚本作「以後有了這樣的事。便恣意的作為起來。也不消多記。」宜從。

「一日」正是賈政的生辰。殘鈔本「一日」作「且說初一日」。宜從。據丁「賈璉出了三月方能到家」語。則是「三月」初「一日」。

「忽有見門吏報道」。戚本作「忽有門吏忙忙進來。至席前報道」。宜從。「忙忙」二字不可少。

「早見都太監夏守忠乘馬而至」。戚本「早見」下有「六宮」。無「夏」。「秉忠」作「夏守忠」。下同。宜從。

「直至正廳下馬」。戚本作「至簷下下馬」。直從。

「賈政等也猜不出是何兆頭。」戚本「也猜不出」作「不知」。宜從。

「不住的使人飛馬來往報信。」戚本「報」作「探」。宜從。

「小的們只在臨莊門外伺候。」戚本「莊」作「敬」。宜從。

「後來夏太監出來道喜。」戚本「後來」下有「還是」。宜增。

「如今老爺又往東宮去了。速請老太太們去謝恩。」賈母等聽了。方心安。一時皆喜見于面。戚本

「太太」下。有「領着太太們」。「心安」作「心神安定」。「一時」句。作「不覺又都洋洋喜氣盈腮」。宜從。「帶了賈薔賈蓉」。戚本作「帶領賈蓉賈薔」。宜從。「於是寧榮兩處。上下內外人等。莫不欣喜」。戚本「欣喜」作「欣然踴躍。個個面上。皆有得意之狀。言笑鼎沸不絕」。宜從。「智能私逃入城。來找秦鐘」。戚本作「智能私逃進城。找至秦鐘家下。看視秦鐘」。宜從。

「因此「秦鍾病」寶玉心中悵悵不樂」。感本「悵悵不樂」作「悵然如有所失」。直從。是寶玉心理。

「方知賈雨村亦進京引見」。感本「引」作「陛」。直從。

「諸事停妥。賈璉此番進京。若按路行走。本該出月到家」。殘鈔本「此番進京」作「方進京的」。「出月到家」作「出了三月方能到家」。直從。點清時令。

「果報。璉二爺和林姑娘進府了」。見面時彼此悲喜交集。未免大哭一陣。又致慶慰之詞。寶玉心中。付度黛玉。越發出落的超逸了。戚本「文集」作「文宴」。「未免有」下「文彩」。「一場」作「一陣」。「慰慶」作「喜慶」。「付度」作「品度」。宜從。

「寶玉又將北靜王所賜蕶苓香串珍重取出來。轉送黛玉。戚本「蕶苓」作「鶺鴒」。「鶺鴒」前作「蕶苓」，「轉送」作「轉贈」。

「正值鳳姐事繁」。戚本「事繁」作「近日多事之時」。宜從。

老太太略有些不自在。「就」連覺也睡不着了。戚本
「就」下有「嚇的」我。宜增。
我徐不知怎凝着一把汗呢。戚本作殊不知我
是捻着一把汗兒呢。宜從。
「鳳姐道。許住蘇州走了一次回來。」戚本「許」作「這」。
「一」次作「一淌。」宜從。
「過」了沒半月。也看的沒事人一大堆了。「戚本作
「過」了半月。如看得馬棚風一般了。「宜從。

油鍋裏的。威本的下有錢字。宜增。

故此當著二爺面前。只說香菱兒來了。威本作

我就撒謊說香菱了。宜從。

原來你這蹄子鬧鬼。威本鬧鬼作調鬼。宜從。

媽媽很齊不動那個。没附到敲了他的。和威本敲

作矼。宜從。

鳳姐笑道。媽媽。你的兩個奶哥哥都交給我。威

本你的作你放心。宜從。

「奶奶說的太有情了。」戚本「有情」作「盡情」。宜從。

「快盛飯來吃。」戚本作「快盛飯來，吃碗子。」宜從。

「倘因此成疾。亦大傷天和之事。」戚本「成疾」下有「甚至死亡。皆由朕躬禁錮。不能使其遂天倫之願」宜增。

「準其椒房眷屬。入宮請候有視。」戚本「有視」作「看視」。宜從。

「入其私第。」戚本「入」作「幸」。宜從。

沒有不堆山積海的。」咸本「積」作「塞」」宜從。

「我常聽見我家大爺說。」咸本作「我常聽見·我們太爺也這樣說」宜從。

「從東邊一帶。借著東府裏花園起。至西北。丈量了。一共三里半大。」咸本「至西」三字。作「轉至北邊。一共丈量准了。三里半大」宜從。

「將賈薔打諒了一回。」咸本作「將賈薔打量了打量」宜從。

並」各色簾幟帳幔等物。」底本「幟」作「籠」。宜從。

「分付了。開個帳。先給我兄弟帶去。按數置辦了來。」

底本作「吩咐。我開個帳。給薔兄弟帶了去。叫他按數置辦了來。」宜從。

「我的東西。還沒處撩呢。」底本「撩」作「擺」。宜從。

「這裏賈薔也是問賈璉要什麼東西。」底本也是作「也」。情」宜從。

「先令匠役拆寧府會芳園牆垣樓閣。」底本「樓閣」

作「樓門」。

「並非官道。故可以連絡。會芳園本是從北牆角下引來一股活水」戚本「連絡」作「連屬」。「北牆角下」作「北拐角牆下」。宜從。

「賈政不來問他的書。心中自是暢快。」戚本「心中」句作「心中是件暢事」。宜從。

「寶玉忙出來更衣。到外邊」。戚本作「寶玉忙忙的更衣出來」。宜從。

不免林坑上挺杠的骨頭不受用。所以暫且挈下來鬆散些。」戚本「挺」挺杠」作「挺砭。」「挈」作「挪」宜從。他」是陽我們是陰。怕他亦無益于我們。」戚本「我們」下有都判道。放屁。俗語說的好。天下官管天下官民。陰陽並無二理。別管他陰。也別管他陽。沒有錯了的。眾鬼聽說。只得將他魂放回。哼了一聲。微開微雙目。見寶玉在側。乃勉强嘆道。怎麼不早來。再遲一步。也不能見了。寶玉攜手垂淚道。

有什麼話。留下兩句。秦鍾道。並無別話。以前你我見識自為高過世人。我今日纔知自誤了。以後還該立志功名。以榮耀顯達為是。說畢便長嘆一聲。蕭然長逝了。宜刪節從之。自誤是此書要旨。且與下回接榫。未可全刪。

第十七回。大觀園試才題對額。榮國府歸省慶元宵。此時尚無大觀園名稱。下句非事實。且與下回重複。殘鈔本作寶哥兒試才題對額。妙師文信數滯都門。」宜從。

「這扁對。倒是一件難事。」戚本「扁對」作「匾額對聯。」宜從。下同。

「若大景致。」戚本「若大」作「偌大。」宜從。

「偏有些歪才。所以此時便命他跟入園中。」戚本作「偏到有些歪才情似的。今日偶然撞見這機會。便命他跟來。」宜從。

「你且把園門閉了。」戚本「閉了」作「關了。」宜從。

「上面銅瓦泥鰍脊」。戚本「銅瓦」作「桶瓦」。宜從。

「下面虎皮石隨意亂砌」。戚本「意」作「勢」。宜從。

「只見一帶翠嶂」。戚本「只見」下有「迎面」。宜增。

早知賈政要試寶玉的才。故此只將些俗套來敷演。戚本「才」作「功業進益如何」。「故此」無。「敷演」作「敷衍」。宜從。

「不當過獎他。他年小的人。」戚本作「過贊了。他年小」。宜從。

「奇花爛灼」。戚本「爛灼」作「閃爍」。宜從。
「瀉於石隙之下」。戚本句上有「曲折」二字。宜從。
「石橋三港」。戚本「三港」作「跨港」。宜從。
「賈政與諸人到亭內坐了」。戚本作「賈政與諸人
上了亭子。倚欄坐了」。宜從。
「因叫寶玉也擬個來。寶玉回道」。戚本作「因抬頭
見寶玉在側。便笑命他也擬一個來。寶玉聽說。
連忙回道」。宜從。

「況此處既爲省親別墅。」戚本「既」「爲」作「雖」「省親」下有「駐蹕」宜從。

「你且說你的。」戚本句下有「來我聽」宜增。

「用鴻玉二字。則不若沁芳二字。」戚本作「有用鴻玉二字。莫若沁芳二字。」宜從。

「數楹修舍。」戚本作「裏面數楹精舍。」宜從。

「兩明一暗。裏面都是合著地步打的牀几椅案。」戚本「兩明」句。作「一明兩暗。」「打」下有「就」字。宜從。

「却是後園」戚本「園」作「院」宜從。「這一處倒還好」戚本作「這一處還罷了」宜從。「忙向靴統內取出靴掖內裝的一個紙揩略

節來。」戚本「靴統」作「靴桶」宜從。「湘妃竹簾二百掛」戚本作「金絲藤紅漆竹簾二百掛。」「轉過山懷中」戚

「椅樓泉園林稿本「懷」作「壞」。「隱隱露出一帶黃泥牆。牆上皆用稻莖掩護」戚

本「黄泥」下。有「築就的矮。」「牆上」作「牆頭。」宜從
有「幾」百株杏花。如噴火蒸霞一般」殘鈔本作「靠
牆都栽著杏樹」宜從。此時是十月。非杏花開時
也」。
「籬外白坡之下」戚本「白坡」作「山坡。」宜從。
「方欲進門去。忽見籬門外路旁有一石」戚本作
「方欲進籬門去。忽見路旁有一石礅。」宜從。
「又覺許多生色」戚本作「又覺生色許多」宜從。

「此處古人已道盡矣。莫若直書杏花村為妙」殘鈔本「此處」句作「此處杏花開時必如噴火蒸霞一般」。宜從。虛寫一筆。妙極。「賈政與眾人都說妙極」。戚本妙極作「更妙」。宜從。「直待請名方可」。戚本作「直待清明方可」。宜從。「何不用稻香村的妙」。戚本「何不」下有「就」字。宜增。「天然者。天之自成。非人力之所為也」。戚本「自成」作「自然而有」。「所為」作「所成」。宜從。

「賈政氣的喝令『扠出去』」戚本無「扠」字○宜删○

「只見水面落花愈多○其水愈清○溶溶蕩蕩○」殘鈔本作「只見其水溶溶蕩蕩○」宜從○時當十月○未必「落花愈多」也○

「有叫作什麼藿蒳薑彙的○」戚本「彙」作「蕁」○

「也有叫作什麼綸組紫絳的○」戚本「綸組紫絳」作「紫綸絳組○」

「方才這一聯○竟比書成蕉葉○尤覺幽雅活動潑」戚

本「活動作「活潑」下有「視書成之句。竟似套此而來。宜增。與下「豈有此理」語叫應。

「或編花為門」。戚本「門」作「牖」。

「綠柳周垂」。殘鈔本「綠」作「疎」宜從。

「其勢若傘，絲垂金縷。葩吐丹砂」。眾人都道好花 殘鈔本無此二句。宜刪。十月非開花時也。

「故此花最盛」。戚本作「云彼國此種最盛」宜從。

「一面都在廊下榻上坐了」。戚本作「一面都在廊外抱廈下。打就的槅上生了。」宜從。

或萬福萬壽各種花樣。」戚本「萬福萬壽」作「卍福卍壽」宜從。

「五彩銷金嵌玉的。」戚本「玉」作「寶。」宜從。

「一格一格。」戚本「格」均作「槅。」宜從。下同。

「如琴劍懸瓶之類」戚本「懸瓶」下有「桌屏」

「衆人都讚好精致。究竟怎麼做的。」戚本無「究竟」句。

作「難為怎麼想來。」宜從。

「回頭又有窗紗明透。」戚本「回頭」下。有「再走」。宜從。

「却是一架玻璃鏡磚。轉過鏡去。一發見門多了。」戚本「却是」句。作「却是大鏡相照。轉過」上。有「及」字。「一發」作「益發」。宜從。

賈政忽想起來道。你還不去。恐老太太記念你。難道還逛不足麼。戚本作「賈政忽想起來。方喝道。你還不去。難道還逛不足。也不想逛了這半日。老太太必懸掛著。快進去。疼你也白疼了。」宜從。

「方纔老太太打發人出來問了幾次，我們同說老爺喜歡，若不然，老太太叫你進去了，就不得展才了。」戚本「方纔」無，「幾次」作「幾遍」，「我們」上有「都」戚。「若不然」作「不然若」，「若」字擡下的，直從。

「你纔那些詩，比眾人都强，今兒得了彩頭。」戚本「眾人」作「是人的」，「得了」下有「這樣的」，直從。

「每人一和」戚本「的」下有「錢」字，直從。

黛玉「生氣回房。將前日寶玉囑咐他做而未完的香袋」戚本作「賭氣回房。將前日寶玉煩他」作的那個香袋兒。纔做了一半」。宜從。

却十分精巧。無故剪了」。戚本「精巧」下有「費了許多工夫」。又有「今見」二字。接下句。宜從。

「從裏面衣襟上將所繫荷包解了下來。遞與黛玉道。你瞧瞧。這是什麼東西。我可曾把你的東西給人」。戚本「衣」作「紅襖」。「所繫」作「黛玉所給的那

「東西」。「無可」曾作「那一回」。宜從。

「因此又自悔莽撞。剪了香袋。」戚本「剪了」句作「未見是白就剪了香袋。因此」戚鈔本作「不覺」。宜從。

又愧又氣」。宜從。

「黛玉越發氣得哭了」。戚本「哭了」作「滚下淚來」。宜從。

「要鬧就撩開手」。戚本「撩」作「撂」。「開手」下有「這當了什麼」。宜從。

「將」梨香院另行修理了「戲本香院」下有「早已騰挪出來」宜增

「又」有林之孝家來回。訪聘買得十二個小尼姑小道姑都到了。連新做的二十分道袍也有了。錢鈔本「採訪」二句。作「採訪聘買的十二個小尼姑。十二個小道姑。都到新做了。連新做的袈裟道袍各十二分。也有了。宜從。

「因」自幼多病。戚本「因」下有「生」了這位姑娘。宜增。

「買」了許多皆男。皆不中用。到底這位姑娘。入了空門。咸本「皆男」作「皆去」兒。「到底」作「從」的。「入了」上。

有「親」自。「宜從」。

「取」名妙玉。咸本「取名」作「法名」。「宜從」。

「現」在西門外牟尼院住著。咸本「院」作「庵」。

「遺」言說「他不宜回鄉。咸本「遺言」作「妙玉本欲扶靈回鄉的。他師父臨寂遺言。宜從。

第十八回「皇恩重元妃有父母。天倫樂寶玉呈

才藻。」太君尚在。不能偏重父母。」殘鈔本作「皇恩

重元妃許歸省。天倫樂寶弟命呈詩。」宜從。

話說彼時有人回工程上。」殘鈔本「話說」下有「林

之孝答應著。拿帖去請妙玉。後」宜增。

「請鳳姐去開庫等紗綾。」戚本「庫」作「樓」宜從。

「又有人來回請鳳姐開庫收金銀器皿。」戚殘鈔本

「人」作「賈蓉」宜從。寶釵

說著。同寶玉等往迎春房來。」殘鈔本作「找探了頭

去。說着。同寶玉黛玉往探春房中來。閒談無語。」直從。「王夫人等日日忙亂。」殘鈔本句上有「到了次日。晚飯後。林之孝來回。妙師父到了。王夫人便親自接進。帶着見了賈母。賈母見他見他神彩不凡。心中甚喜。就命他居櫳翠庵。這櫳翠庵乃賈母供佛之所。做孝庵樣式。構造極為精緻。並無庇僧。只令幾個吃素的老婆子。住在下房。專供香火及

酒掃等事。每逢朔望賈母便前往拈香禮拜。既
覺地潔心虔。且免車輪勞頓。今因喜歡妙玉知故
特合他居住。閑話不提。且說」直增。
直到十月裏。纔全備了。監督都交清帳目」戚、本
「直到」二句。作「直到十月將盡。幸皆全備」「監督」上。
有「各處」宜從。
「一」班小尼姑道姑。也都學會念佛經咒。戚本「一」
班。無「俱」作「幾卷」宜從。

「奉旨於明年正月十五日上元之日。貴妃省親。」戚本「旨」作「硃批」；「於」字無；「十五」下無「日」字；「貴妃」作「恩准賈妃」。宜從。

「何處出入。」戚本作「何處退。何處跪。」

「此時園內。」戚本句下有「各處」。宜從。

「珠寶生輝。」戚本「生」作「爭」。宜從。

「賈政接著問其消息。太監道。早得多理。」戚本「接著」作「忙接」。「早得」句作「早多著呢」。宜從。

鳳姐「道。既怎樣。……等到了時候。再來也未為晚。戚本「既怎樣」作「既這麽著。等」等到」二句。作「等是時候。再來也不遲。」宜從。「園」中賴鳳姐照料……一面傳人。挑進蠟燭。各處點起燈來。忽聽外面馬炮之聲。不一。有十來個太監喘吁吁跑來拍手兒。戚本「園」中」下。有「老」字。一面三句。作「一時傳人。一擔一擔的挑進蠟燭來。各處點燈。方點完時。「馬炮」作「馬跑」。「不一」作

「不一時。」「端」上有「都」字宜從。

忽見兩個太監騎馬緩緩而行。……便由西坊

立。「戚本「兩個」作一對紅衣。「使」下有「垂手」宜從。與

下一對「語應對語應。

「雉羽宮扇。」戚本「宮扇」作「夔頭」極是。

又擎著香巾繡帕漱盂拂塵等物。」戚本「香中」作「香

珠。」宜從。

「抬」着一頂金頂金黃繡鳳鑾輿。」戚本「金」無「頂」。無」極

是。殘鈔本作「賫項」。可從。「鑾輿」戚本作「服輿」。下同。
「賈母等連忙跪下。早有太監過來扶起賈母等」。
戚本作「賈母等連忙路旁跪下。早飛跑過幾個
太監來扶起。並那王夫人來」。宜從。
「那鑾輿連抬入大門。儀門往東一所院落門前有
太監跪請下輿更衣。於是抬入門」。戚本「儀門」至
「太監」。內作「入儀門東去。到一所院落門前。有執拂太
監」。「抬」下有「輿」字。宜從。

元春入室更衣出復上輿進園。戚本更衣下有畢字。出復作復出。宜從。

看此園内外光景。戚本光景作如此豪華。宜從。

點的如銀花雪波。戚本雪波作雪浪。宜從。

都用各色細綾紙絹。及通草爲花。戚本作然皆用通草綢綾紙絹。依勢作成。宜從。

前日賈政聞塾師讚他儘有才情。故于游園時聊一試之。雖非名公大筆。却是本家風味。戚本作「前日賈政聞塾師背後贊寶玉偏才盡有。賈政未信。適巧遇園工已落成。令其題撰。聊一試其情思之清濁。其所擬之匾聯雖非妙句。在幼童為之。亦或可取。即另使名公大筆為之。固不費難。然想來不如這本家風味有趣。

忙」下舟登岸」戚本作「忙下小舟登岸」宜從。

去」舟上輿。」戚本作「復棄舟上輿。」宜從。

兩」階樂起。二太監引賈政等於月臺下排

班上殿。昭容傳諭曰免」。咸本「皆」作「陛」。「上殿」作「殿上」。接下句。宜從。

「昭容再諭曰免」。咸本「諭」上有「傳」字。宜增。

「賈母等俱跪止之。賈妃垂淚」。咸本「之」作「不迭」。「垂淚」上有「滿眼」。宜從。

「只是嗚咽對泣而已」。咸本「只是」作「只管」。「而已」無。宜從。

「然後東西兩府執事人等。在外廳行禮。其媳婦了環行禮畢。「戚本」執事上。有「掌家。」外「廳」作「廳外」宜從。

「其」「想」均作「及」兩府掌家（執事）想婦領了環等行禮畢。

「又」有賈妃原帶進宮的了環抱琴等叩見。賈母連忙扶起。命入別室款待。「戚本」叩「見」上。有「上」「來」。

「賈母」下有「等」字。「命入」作「命人」。宜從。

「又」向其其父說道。「戚（殘鈔）本」「又」「向」作「又」隔簾含淚向賈政說道。宜從。與下賈政亦含淚想應。

令」貴人上錫天恩。」戚本「錫」作「沐」。宜從。

「且」令上啟天地生生之大德。」戚本「生生」作「生物」。宜從。

「元妃命引進來。小太監引寶玉進來。」殘鈔本作「元妃忙命小太監出去引寶玉進來。」宜從。

「此皆過分。」戚本句下有「之極」。宜增。

「元妃乃命筆硯伺候。親拂羅箋。」戚本「命」下有「傳」字。「親拂」句作「親搦湘管。」宜從。

「西面叙樓曰含芳閣。」戚本「叙」作「斜」。

「紫菱州。」戚本「州」作「洲」，宜從。

「園成景物特精奇。」戚本「物」作「備」，宜從。

「名園築就勢巍峩。奉命多慚學淺微。精妙一時言不盡。果然萬物有光輝。」戚本「築就」作「築出」，「多慚」作「偏慚」。「不盡」作「不出」。「萬物」作「萬象」。

「孝化應隆歸有時。睿藻仙才瞻仰處。」戚本「孝化」作「孝道」。「瞻仰處」作「盈彩筆」。

「宸遊增悦豫」。咸本作「名園築何處」宜從。
「添來氣象新」。咸本「氣象」作「景物」宜從。
寶釵推他道貴人因不喜紅香綠玉。咸本「推道他」作「急忙回身倩推」，「貴人」作「他」宜從。是小兒女私語與下「和他分馳」語同。
「看你今夜不過如此」。咸本「看你」作「虧你」宜從。
「唐朝韓翃詠芭蕉詩」。咸本「韓」作「錢」。
「不覺洞開心意」。咸本「意」作「臆」宜從。

一時竟想不到。戚本作「偏到想不起來。」宜從。因見寶玉搆思太苦。走至案旁。知寶玉只少杏帘在望一首。因叫他鈔錄前三首。卻自己吟成一律。戚本作「因見寶玉獨作四律。大費神思。何不代他作兩首。也省他些精神不到之處。」想著。便也走至寶玉前。悄問可都有了。寶玉道。纔有三首。只少杏帘在望一首了。黛玉道。既如此。你只抄錄前三首罷。趕你寫完那三首。我也替你作出這首。了說畢。低頭一想。早已吟成一律。宜從。

「高得十倍。」戚本作「高過十倍。」真是喜出望外。宜從。

「莫搖分碎影。」戚本「分」作「清」。

「輕烟烟迷曲徑。冷翠濕衣裳。」戚本「濕衣裳」作「滴迴廊。」宜從。對仗工整。

「元春又命以瓊酪金膾等物。」戚本「酪」作「酥」。

此時賈蘭尚幼。未諳諸事。只不過隨母依叔行禮而已。」攷是年惜春十歲已能作詩。賈蘭十一歲則「未諳諸事」語欠斟酌。殘鈔本作此時賈蘭隨母依叔。隨班行禮。無事可記。賈環因年內染病未痊。在房調養。故未覲見。」宜從。賈環庶出一筆亦不可少。

「賈薔忙將戲目呈上。」戚本「戲目」作「彩冊」。宜從。

「進來問誰是齡官。賈薔便知是賜齡官之物。連怯椿了」。戚本無「進」字。「連」作「喜的」。宜從。

「邢夫人等二分。只減了如意拐杖四樣。」戚本「等」作「王夫人」。「拐杖」作「拐珠」。宜從。

「賈敬賈赦賈政等，每分御製新書一部。」戚本「一部」作「二部」。

「金銀盞各二雙。」戚本作「金銀爵各二雙」。宜從。

「賈蘭……金銀錁二對。」戚本「金」下有「銀」字。宜從。

青錢一千串。」戚本「一千」作「一百」。

「御酒數瓶」殘鈔本「數瓶」作「十罎」宜從。

「拉了賈母王夫人的手」和「不忍放」戚本「不忍放」作「緊緊的不忍釋放」宜從。

第十九回「內中揚旛過會」戚本「內中」作「甚至」宜從。

「或嫖賭或飲」戚本作「更有或嫖或飲的」宜從。

「便往那廂來」戚本「那廂」作「書房裏」宜從。

「可見他（花兄）白認得你（茗烟）了」「可憐可憐」戚本

「可憐」無叠句。宜從語短情長。是寶玉口吻。

「真真新鮮奇文。他說」。戚本「奇文」下。有「竟寫不出來的」「他說」上。有「嫁」字。宜從。

寶玉「說著沈思一會。」殘鈔本「一會」下。有「笑道」。著

明兒我同珍大爺說。將他給你做媳婦好不好。

茗烟也笑了。」宜從。

「茗烟微微笑道。」戚本「微微」作「趨迎」。宜從。

「仔細化子拐了去。」殘鈔本「化子」作「拐子」。宜從。

「不如住近些的地方去。」戚本「近」上有「熟」字。宜從。

「若姻道。就近地方。」戚本「就近」作「熟近」。宜從。

「咱們竟找花大姐姐去。」戚本「我」下有「你」字。宜從。

「說道。你也胡鬧了。」戚本作「嗐了一聲笑道。你也咸胡鬧了。」宜從。

「街上人擠馬碰。有個閃失。」戚本作「街上人擠車碰。馬有個閃失。」宜從。

「只是茅檐草舍。又窄又不干淨。」戚本「不干淨」作髒」宜從。是北語。

「茗烟二人牽馬跟隨。」戚本「茗烟」作「花茗。」宜從。

「倘奶母李嬤嬤拄杖拐進來請安。」戚殘本動本無「拄拐」二字，宜刪。

「只知嫌人家骯髒。」戚本無「骯」字，宜刪。

這蓋碗裏是酥酪，怎不送與我吃？說畢，拿起就吃。」戚本「我吃」作「我去。」下有「我就吃了罷。」「拿起」作「拿起」，宜從。

吃的怎麽長大。」戚本「吃的長怎麽大」宜從。

「寶玉還送東西孝敬你人家去。」戚本「寶玉還有時常」宜增。

「誰知李老太太來了混輸了。」殘鈔本「老太太」作「姥姥」宜從。

「寶玉聽了這話越發忙了。」戚本「忙」作「怔」宜從。

「別說你家」戚本作「別說你咧」宜從。

「先伏伺了史大姑娘幾年。」殘鈔本「幾年」作「兩年」。

宜従。按第三回。襲人伏伺寶玉。才十歲。先伏伺湘雲兩年。則是八歲。年已極小。若云幾年。則其小且需人伏伺矣。

「且慢些和他說。說了多給銀子。」成本作「且慢說和他好說。又多給銀子。」宜従。

「因為喜歡。」成本作「因為你喜歡。」宜従。

「依你說來說去。是去定了。」成本作「依你說。你是去定了。」宜従。

「我就該弄了來。」戚本作「我就不該弄了來」宜從。

「再掏摸幾個錢。」戚本「掏摸」作「淘澄」。宜從。

「寶玉見這話有因。」戚本「見」作「聽」。「因」作「文章」。宜從。

「我另說出三件事來。」戚本「三件」作「兩三件」。宜從。

「有形有跡。」戚本作「反還有形跡。」宜從。

「命他蓋上被窩握汗。」戚本「握」作「渥」。宜從。

「睡出來的病大。」殘鈔本作「睡出病來事大。」宜從。

「真真你就是我命中的天魔星」戚本「天魔」作「妖魔」。

「黛玉回看見寶玉左邊腮上」。戚本「回」作「囘」。宜從。

「只消是剛纔替他們擱澄胭脂膏子」。戚本「擱澄」作「擱濾」。宜從。

「凡我說一句你就拉上這些」。戚本「這些」作「這麼些」。宜從。是北語。

「寶玉笑道。要去不能」。戚本無「要」字。宜從。「去」字一句。不能一句。是傳神之筆。你那裏知道這些。成」戚本「不成」無宜刪。前去探打聽一迴。小耗回報」戚本一「迴」作「一時」屬下句。宜從。

玉香芋。戚本「香芋」作「香玉」。下同。

又然怯懦無加。戚本「又然」作「忽」。宜從。

黛玉聽了。翻身爬起來。按撳着寶玉……說着。便擰寶玉。連忙央告。戚本「撳着」作「按着」。「擰」下有「的」

字。「夫告」下有「說」字。宜從。
「他饒舊了」。戚本「了」下有「人」字。宜增。
第二十回只見李嬤嬤拄著拐杖。在當地罵襲
人。殘鈔本「拄著拐杖」無。宜刪。
「見我也不理一理」。戚本「我」下有「來」字。宜增。
少不得替他「分辨」。戚本「他」作「襲人」。宜從。
「便訴委曲」。戚本作「便拉著訴委曲」。宜從。
「又叫豐兒替你李奶奶拿著拐棍子。擦眼淚的手帕子」。錢鈔本無二句。宜刪。「又不知是那位姑娘得罪了」。戚本「又不」上。有「昨兒」。宜增。指「酥酪」事。

這屋裏一刻還住得了。但只是天長日久。只管如此吵鬧。可叫人怎麼樣過呢。你只顧一時為我們得罪了人。戚本「住得」作「跕不得」。「如此吵鬧」作「這樣」。「過」作「纔好」。「只顧」上有「時常」。我勸你別為們得罪人。「得罪了人」作「那樣」。宜從。

不叫他起來。戚本作「不肯叫他起來」宜從。
只得依他去了替環。戚本「依」作「替」宜從。
你怎麽不同他們去。戚本「去」作「頑去」宜從。
牀底下堆着那些。戚本「那些」作「那麽些」宜從。
十個錢一點。戚本作「一點十個錢」。
正該自己擲骰子。若擲個七點便贏。若擲個六點亦該贏。鶯兒擲三點就輸了。戚本作「正該自己擲個六點。下該鶯兒擲三點就贏了。」

寶釵」便瞧鶯兒說道。戚本「瞧」作「瞅」。宜從。

「鶯兒滿心委曲。見寶釵說。不敢出聲。只得放下錢來。口內咕唧說」。戚本「滿心委曲」無「出聲」作「嘖聲」「咕唧」作「唧噥」。宜從。

「我也不放在眼裏」。戚本「我」上有「連」字。宜增。

「賈環說我幫什麼比寶玉。」殘鈔本「寶玉」作「他」。宜從。

「問是怎麼了」。戚本「問是」下有「誰」字。宜增。

「誰叫你上高臺盤了。」臧本「臺盤」作「擎去」。宜從。

鳳姐說：「大正月裏怎麼了？兄弟們小孩子家。」臧本「裏」作「又」。「兄弟們」作「環兄弟」。宜從。

「說這樣話做什麼。」臧本「樣」作「些」淺。宜從。

「你也是個沒性氣的。」臧本「性氣」作「氣性」。宜從。

「越發抽抽噎噎的哭個不住。」臧本「抽抽」作「哽哽」。宜從。

「難道連親不閒疏，後不僭先，也不知道。」臧本「閒

「疏」作「間疏。」「後不僭先」作「先不僭後。」

「自小兒一處長大的。」戚本作「長的這麼大了。」宜從。

「我也為的是我的心你的心。」戚本無「我的心」三字。宜刪。是寶玉深入一層語。

「分明今兒冷些。你倒脫了青狐披風呢。」戚本作「分明今兒冷的這樣。你怎麼倒反把青肷披風脫了呢。」宜從。

「專挑人的不是」處本「不是」作「不好」與下「好」字應。

「你能挑他麼。成就服你。」處本無「麼」字宜刪。

「時時刻刻像可聽愛呀厄去。」處本無「呀」字。